Orbis

Ulrich Beer

Mehr Glück durch Selbstentfaltung

ORBIS VERLAG

Sonderausgabe 1991 Orbis Verlag
für Publizistik GmbH, München
Satz: IBV Satz- und Datentechnik, Berlin
Druck: Mohndruck Graphische Betriebe GmbH, Gütersloh

ISBN 3-572-01646-0

Du mußt herrschen und gewinnen
Oder dienen und verlieren,
Leiden oder triumphieren,
Amboß oder Hammer sein.

Goethe (Der Groß-Coptha)

Inhalt

Was ist Glück

Ich entscheide mich für das Glück

Ich ergreife meine Freiheit

Ich werde gesund

Ich glaube an das Leben

Ich wähle die Liebe

Ich wirke auf Menschen

Ich habe Erfolg

Ich überwinde Niederlagen

Ich werde älter und erfahrener

Im Glück nicht jubeln – im Leid nicht klagen...

Was ist Glück?

Lotterielos oder Leistung?

»Jeder ist seines Glückes Schmied« lautet ein altes Sprichwort. In der Tat versuchen wir alle, an unserem Glücksrad zu drehen. Den Treffer können wir dabei nicht berechnen, denn das Glück kümmert sich um gar nichts. Nicht um Verdienst und Würdigkeit, nicht um Bemühung und Leistung. Es begegnet uns irgendwann, auf der Straße, bei einem Spaziergang, auf dem Weg zur Arbeit, im Alltag, ja sogar bei einer Autopanne kann der freundliche Helfer unseres Glückes Schmied werden.

Das Glück trifft unerwartet wie ein Blitz aus heiterem Himmel. Oftmals dann, wenn wir es am wenigsten erwarten. Es ist nicht machbar, nicht organisierbar, nicht verfügbar.

Auf der Suche nach dem Glück sind wir uns häufig selbst im Wege. Wenn wir nach etwas Bestimmtem suchen, kann es leicht geschehen, daß wir nichts zu finden bereit sind und nichts anderes in uns einzulassen vermögen, weil wir nur auf das Gesuchte fixiert sind. Finden aber heißt frei, offen sein, kein bestimmtes Ziel haben.

Wir lächeln über den zerstreuten Menschen, der hektisch nach seiner Brille sucht, obwohl er sie bereits auf der

Nase hat. Doch geht es uns auf der Suche nach dem Lebensglück nicht oft ähnlich? Hat der Mensch nicht alles in sich, was er zum Glücklichsein benötigt?

Ich versuche, mich selbst zu akzeptieren, meine Zeit sinnvoll einzuteilen, würdige die Umwelt, setze mir Ziele und schenke dem Augenblick die nötige Aufmerksamkeit. Auf diese Weise werde ich spontaner und freier, also auch zufriedener und glücklicher. Selbst wenn ich hin und wieder einmal traurig, krank oder gekränkt bin, werfe ich die Flinte nicht gleich ins Korn, sondern vertraue darauf, daß es wieder aufwärts gehen wird. Dabei darf ich aber nicht vergessen: Vollkommenes Glück gibt es nur für den Augenblick. Jeder Mensch aber kann glücklich werden.

Glück hängt nicht vom Alter ab. In jedem Alter kann ich glücklich sein oder es noch werden. Ist es für die jungen Menschen die erste, himmelhochjauchzende Liebe, die beide Partner blind sein läßt für alle übrigen Dinge des Lebens, so ist Glück für Menschen mittleren Alters der Maßstab einer intakten Familie, finanzielle Sicherheit und Ausgeglichenheit.

Aber auch in späten Jahren kann sich das Glück einstellen. Für eine Sechzigjährige, die bereits über zehn Jahre lang Witwe ist, mag der Anfang mit einem anderen Partner die Erfüllung sein. Die Freude, sich den Enkelkindern zu widmen, bedeutet für die Großeltern Glück, oder nach hektischen Berufsjahren die freie Zeit nun gemeinsam in Ruhe und Gesundheit auszukosten, ist für Rentner und Pensionäre das höchste Glück.

Nicht zuletzt spielt die Selbstbeherrschung, wenn ich zu meinem Glück finden will, eine große Rolle. Sie gibt meinen Kräften erst die Form gesammelter Konzentration und für den Außenstehenden die zivilisierte Façon, die meine Kräfte akzeptabel macht.

Ist Glück also Lotterielos oder Leistung? Tatsächlich kann man die Glücksbegriffe auf diese beiden Pole reduzieren. Hierzu gibt es ein passives Verständnis, das sehr verbreitet ist: Das Glück fällt uns zu. Der eine hat Glück, der andere nicht. Wir alle hoffen darauf, aber wissen zugleich, daß es nicht gerecht und nicht verdient sein muß. Wir können allenfalls Vorbedingungen schaffen.

Lebenserfolg oder Lebenseinstellung?

Wir alle leben in Spannungen. Viele Menschen leiden darunter, manche halten sie gar nicht aus. Die Erkenntnis, daß es destruktive, also mit Unglück verbundene Spannungen und konstruktive, fruchtbare Spannungen gibt, ist die Voraussetzung, spannungsreiche Situationen zu ertragen.

Die wichtigste Voraussetzung des Glücks liegt nicht in dem, was wir haben, an Besitz, Erfolgen, Anerkennung, sondern was wir sind. Der »Reichtum« muß nicht um uns herum wachsen, sondern in uns. Das erfordert Einsatz von uns, mit dem wir die Selbstbegegnung und Selbstverwirklichung im Sinne unserer Entscheidung zum Glück fördern können, und zwar durch Selbsterkenntnis, die mir deutlich macht, mit wem ich es überhaupt zu tun habe. Meine Möglichkeiten und Fähigkeiten, aber auch meine Schwächen und meine Grenzen muß ich erkennen, um zu erfahren, was ich verwirklichen kann und wo ich haltmachen muß.

Aber auch Selbstbejahung ist wichtig. Wahrscheinlich ist sie die Neuorientierung, die wir vornehmen müssen, wenn wir glücklich werden wollen. Wer ja zu sich selbst sagen kann, wird auch zum Leben, zu seinem Schicksal und zu anderen Menschen ja sagen können und so schneller zu seinem eigenen Glück finden. Dazu gehört auch die Selbstdarstellung. Sie ist das Bild, das wir von uns nach außen geben. Es darf nicht das Ziel all ihres Bemühens sein, sondern das selbstverständliche Ergebnis. Wenn ich sage: »Ich schaffe es«, dann werde ich auch dementsprechend auf andere wirken.

Ich setze mir zum Ziel, nicht nur mich glücklich zu machen, sondern auch andere. Ich weiß, daß meine Bemühungen als Glück zu mir zurückkehren werden. Es macht mich glücklich, wenn mir die strahlenden Augen meiner Kinder nach einer Gabe entgegenleuchten. Es bedeutet für mich Glück, wenn ich für einen kranken Mitmenschen tröstende Worte finde und er seinem Leben dadurch wieder einen Sinn gibt. Wieviel Glück empfinde ich, wenn sich mein Partner an meiner Seite geborgen fühlt.

Das Leben ist ein Geschenk. Ist damit gemeint, daß es nur von der positiven Seite gesehen werden soll? Wir können über das Schmerzhafte, Bedrohliche und Leidvolle nicht hinwegsehen. Doch wir müssen auch erkennen, daß das Leben in seinem Innersten nicht nur Schmerz, Leere und Enttäuschung ist, sondern auch Freude, Erfüllung und Glück bedeutet.

Es wird von uns als selbstverständlich hingenommen, daß wir atmen, gehen, sehen, fühlen und schmecken können. Ohne diese Fähigkeiten könnten wir die Natur nicht wahrnehmen, nicht den Duft der Blumen atmen, nicht die Blumen in ihren schönsten Farben erkennen und nicht die Früchte genießen, die uns die Natur schenkt. Gelingt uns eine Arbeit besonders gut, dann erleben wir nicht nur den Erfolg unserer Anstrengungen, sondern auch das sinnliche Zusammenspiel mit unserem Umfeld, das uns zusammenhält und das uns trägt.

Wohl jeder von uns hat in seinem Leben schon ein Glücksgefühl erlebt, sei es mitten im Alltag oder bei besonderen Anlässen. Es wurde ihm warm ums Herz, wie es so schön heißt. Man atmet freier, beschwingt von innen bis ins Äußerste. Wo wir wirklich fröhlich sind, befinden wir uns in einem sinnvollen Ganzen, fühlen uns in Einklang mit der Welt und erfahren, daß alles gut ist.

Ich darf nicht fragen, was das Leben mir gibt, sondern ich frage, was ich selbst geben kann. Nicht da, wo ich etwas erwarte und Ansprüche geltend mache, stellt sich die Gewißheit ein, sondern wo ich etwas geben will von mir, zum Beispiel das Gute und das Menschliche. Wenn ich anderen helfe, ihr Leben anzunehmen und sich daran zu freuen, wenn ich gegen Hunger und Gewalt kämpfe, wenn ich für die Gerechtigkeit bin, dann bin ich nicht nur für andere da, sondern ich mache mich damit selber glücklich.

Um glücklich zu werden, bedarf es keiner angstvollen, hoffnungslosen Einstellung zum Leben. Glück widerfährt uns jedoch nur dann, wenn ich die innere Disposition zum Glücklichsein in mir bereithalte.

Grenzenlosigkeit oder Zufriedenheit?

Alles hat seine Grenzen, auch das Glück. Besitzt man es, will man es um keinen Preis wieder hergeben. Eine ganz wichtige Voraussetzung zum Glücklichwerden ist, daß ich meinen Mitmenschen im Bewußtsein meines Wertes, meiner Möglichkeiten und Interessen begegne und offen bin auch für ihre Wünsche und Interessen, die ich genauso ernst und wichtig nehme wie meine eigenen.

Der Umgang mit meinen Mitmenschen beginnt mit einer Unterlassung. Ich verzichte darauf, das Verhalten anderer zu beeinflussen, sie ändern zu wollen und dies als Vorbedingung für das eigene Glück zu betrachten.

Unser Glück bedarf nicht der Veränderung der anderen. Wichtig ist, das eigene Verhalten zu ändern. Mit dieser positiven Lebenseinstellung kann ich, ohne es beabsichtigt zu haben, das Verhalten meiner Mitmenschen langfristig ändern.

Ein Ehemann, der jede Woche regelmäßig zum Skat in sein Stammlokal geht, verärgert seine Frau, und sie möchte ihm diesen Abend streitig machen. Vorhaltungen, er würde sie an diesem Abend allein lassen, erweisen sich als zwecklos. Es kommt immer wieder zu Streitigkeiten, die die Stimmung vergiften.

Diese Frau, die unglücklich darüber ist, sollte sich dazu entschließen, ihr eigenes Verhalten zu überprüfen. Sicher hat sie auch Fehler und Schwächen, die ihm nicht gefallen. Auch er wird sich manchmal über sie ärgern, obwohl er ihr das nicht immer vorhält. Sie sollte sich fragen, warum er fortgeht. Sind die Abende zu Hause für meinen Mann attraktiv genug? Kann ich dazu beitragen, daß er sich zu Hause wohler fühlt? Könnte ich auch einmal einen Abend außer Haus verbringen? Es gibt so viele Alternativen, die dazu führen, daß sie auch dann, wenn sie allein ist, den Abend zu ihrer Zufriedenheit gestalten kann oder daß sie mehr Verständnis für das Fortgehen ihres Mannes gewinnt.

Die meisten Menschen werden unglücklich, weil sie ihr eigenes Glück von anderen und deren Verhalten abhängig machen. Es ist oft so, daß unser Glück von anderen abhängig ist oder doch mitentscheidend geprägt ist. Trotzdem sollte man die eigene Zufriedenheit nicht von anderen abhängig machen.

Die wichtigste Lebensentscheidung ist die: Wenn mir etwas an meinen Mitmenschen nicht gefällt, versuche ich, zuerst die Umstände zu ändern und sage den anderen, was mir mißfällt. Wenn das zu nichts führt, ändere ich mich selbst. Das geht leichter und führt genauso sicher zum Erfolg. Glück setzt eine positive Lebenseinstellung zu sich selbst und anderen voraus.

Viele Menschen überschätzen das Zwanghafte, endlos Einengende oder Fesselnde unserer Wirklichkeit und unterschätzen die Wirklichkeit der Freiheit, der Entscheidung, der Umkehr, die uns aus diesem entsetzlichen Abhängigsein oder -fühlen befreien könnte. Immer mehr Menschen befinden sich heutzutage in einem Zustand solcher Lähmung, weil sie das Glück von anderen erwarten: Der Staat soll ihre Gesundheit, ihre Sicherheit, ihren Wohlstand, ein sorgenfreies Alter ermöglichen. Das gehört zu seinen Aufgaben, aber das Glück jedes einzelnen kann er nicht garantieren.

Schicksal oder Entscheidung?

Wenn das Glück tatsächlich der Maßstab ist, daran wir unser Lebensziel ausrichten, so sind auch Entscheidungen davon bestimmt. Unser Glück können wir selbst nicht machen, aber wenn wir glücklich werden wollen, müssen wir uns entscheiden. Viele Entscheidungen sind mit Zufall verbunden. Der Lebenspartner, für den wir uns entscheiden, muß uns erst über den Weg laufen. Zufällig kann es dann der richtige sein, mit dem wir unser ganzes Leben verbringen werden. Neunzig Prozent heiraten irgendwann und versprechen sich davon das große Lebensglück. Solche Erwartungen kann die Ehe oft nicht erfüllen, und irgendwann schlägt sie um in eine Unglücksquelle.

Viele Menschen erleben gerade da, wo sie dem Glück die größte Bedeutung beimessen, ihre größten Enttäuschungen. Sollten wir es nicht vielmehr dort suchen, wo wir es am wenigsten tun, in uns selbst und nicht in anderen?

Da ist eine Witwe mit drei fast erwachsenen Kindern, die sich vom Glück verlassen fühlt, weil sie ihren Mann viel zu früh verloren hatte. Sie entscheidet sich, das Lebenswerk ihres Mannes dennoch weiterzuführen und baut das Häuschen mit ihren Kindern fertig, das er für seine Familie begonnen hatte. Jahr um Jahr verschönern sie ihr Heim. Diese Frau hat erfahren, daß Glück keine Glückssache ist, wenn es die Bewältigung der eigenen Lebensumstände betrifft.

Hier zeigt sich, daß wir das Schicksal nicht hinnehmen, sondern uns für etwas entscheiden müssen, was uns wieder glücklich machen kann.

Ein älterer Herr hat seine Arbeit verloren, und er weiß, daß es schwer sein wird, in seinem Alter mit etwas Neuem zu beginnen. Aber er findet sich nicht damit ab. Aus seinem Hobby, der Töpferei, macht er seinen Beruf und ist wieder glücklich, denn er hat eine Aufgabe, die ihm Freude bereitet. Glück ist kein Zufall, sondern das Ergebnis von Entscheidungen, die wir für uns zu treffen in der Lage sind. Keinen Zustand erträgt der Mensch schwerer als die Spannung infolge einer unentschiedenen Situation.

Unglück beruht seltener auf Fehlentscheidungen als auf fehlenden Entscheidungen, denen, die wir nicht getroffen haben. Das gilt für unser ganzes Leben, für private Partnerbeziehungen, berufliche Konflikte und die großen Krisen im Verlauf unseres Lebens.

Probleme und Krisen können durch klare, überlegte Entscheidungen gelöst werden. Einfache Probleme, die sich durch einfache Entscheidungen lösen lassen, entstehen täglich: Soll ich mit dem Auto oder mit dem Fahrrad zum Einkaufen fahren? Soll ich mir eine Jacke überziehen, wenn ich hinausgehe oder nicht? Schwieriger wird es, wenn ich mich bis zu einem bestimmten Zeitpunkt für etwas entscheiden muß und ich nicht weiß, welche Zielrichtung für mich die beste ist. Ob die gefällte Entscheidung richtig war, zeigt der Erfolg. Das Motiv ist der Motor, die Gefühlsbereitschaft also, eine Entscheidung zu treffen.

Viele Menschen möchten auf zwei Hochzeiten gleichzeitig tanzen und alle Attraktionen des Lebens genießen. Das ist aber nicht möglich und führt häufig zu Depressionen, die so weit führen, daß sie überhaupt nicht mehr wissen, wofür sie sich entscheiden sollen.

Es ist Ihr Leben, für das Sie verantwortlich sind, und deshalb sollten Sie Ihr Schicksal selbst in die Hand nehmen und sich für den Weg entscheiden, der für Sie der richtige ist.

Ich entscheide mich für das Glück

Ich sage ja zu mir – was immer die anderen sagen

Ich führe mein Leben. Nur ich allein bin dafür verantwortlich, weil ich es führe und nicht ein anderer. Dies mache ich mir täglich klar und leiste damit den immer wieder neuen Sprung auf die eigenen Füße, auch wenn es nicht ganz leicht ist.

»Das kann doch nicht dein Ernst sein.« Beates Mutter konnte nicht glauben, daß sich ihre Tochter scheiden lassen wollte. »Du kannst den Kindern nicht ihren Vater nehmen. Sie hängen an ihm, und auch er liebt sie.« »Aber mich nicht mehr. Schon wieder hat er eine Affäre mit einer Kollegin aus dem Betrieb, in dem er arbeitet.«

Bereits einmal hatte Beate ihrem Mann eine Liebelei verziehen, weil er ihr geschworen hatte, sich nie wieder in eine einzulassen. Es fiel ihr sehr schwer, diese Entscheidung zu treffen, sich von ihm zu trennen, denn sie liebte ihren Mann. Doch schließlich war sie in unzähligen schlaflosen Nächten und endlosen Streitereien zu dem Ergebnis gekommen, daß sie auch einmal an sich selber denken mußte.

Heute ist sie froh, daß sie diesen Schritt gewagt hatte. Obwohl sie niemals die Zeit der Trennung vergessen, sich den Schmerz der Kinder noch oft vorwerfen wird, die ebenso gelitten hatten wie sie selbst. Nun lebt Beate mit ihnen allein und weiß, daß sie erst jetzt nach langer Zeit wieder glücklich ist. In ihrer Ehe hatte sie sich das Glück oft nur eingeredet, heute ist sie es wirklich. Glück gibt es nicht nur in einer partnerschaftlichen Beziehung, sondern es kann sich in vielfältiger Weise äußern. Darum entscheiden Sie sich für Ihr persönliches Glück, auch wenn Sie dadurch einen Menschen verlieren.

Halten wir uns immer wieder vor Augen: Ich lebe heute, nicht gestern und auch nicht morgen. Der Augenblick ist die einzige Freiheit in der Zeit, die uns als Chance bleibt und unserem Willen zur Gestaltung bereitsteht. Wer sich entscheiden will, muß es gleich tun, denn uns ist nur ein Leben gegeben. Versuchen wir, das Beste daraus zu machen. Dazu ist es niemals zu spät. Der praktische Wert des An-sich-selbst-Glaubens ist dem Unglauben bereits überlegen. Dadurch verleiht die Zielperspektive dem Augenblick Sinn und unserem gegenseitigen Tun zusätzlichen Antrieb.

Eine solche Lebensführung macht uns frei von Hemmungen und Verklemmungen. Sie überwindet Neurosen und Depressionen.

Die fünfundzwanzigjährige Helga gibt ihren gutbezahlten Beruf als Stenotypistin auf und fängt eine Lehre als Krankenschwester an. Trotz finanzieller Verluste und dem schmerzlichen Abschied von einem fröhlichen Kollegenkreis ist sie heute glücklicher denn je. Endlich hatte sie den Beruf, den sie sich gewünscht hatte, nämlich anderen Menschen in ihrem manchmal schweren Leid Mut zuzusprechen und ihnen zur Seite zu stehen.

Wer hatte ihr nicht alles davon abgeraten. Plötzlich wußte jeder in ihrer Familie, in ihrem Bekanntenkreis darüber Bescheid, was sie in diesem Beruf alles erwarten würde. »Und erst die Berufschule! Da wirst du dir neben den sechzehnjährigen Schülern wie eine ältere Frau vorkommen!« Heute ist Helga froh, daß sie ihren Weg gegangen ist.

Für viele Menschen mag es schwer sein, ihr Leben selbst in die Hand zu nehmen. Gerade diejenigen, die einen Partner durch Tod oder Scheidung plötzlich verloren haben, der ihnen in der Ehe jegliche Entscheidungen abgenommen hatte, suchen wieder nach jemandem, der sie durchs Leben führt und ihnen einen Halt gibt.

Es gibt erstaunlich viele Menschen, die nicht wissen, was sie eigentlich wollen, die nicht imstande sind, ihr Leben zu lenken. Sie übernehmen oft vorschnell die Meinung anderer. Gerade das sollte man nicht tun, ohne sie selbst vorher zu überprüfen. Sagen Sie ja zu sich selbst. Einen gutgemeinten Rat sollten wir zwar nicht in den Wind schlagen, aber für uns sind wir selbst verantwortlich.

Natürlich kann niemand alle nicht bewußt durchlebten Phasen seines Lebens nachholen. Er kann einen großen Teil von dem, was ihm gefehlt hat, erkennen und bewußt erleben, zum Beispiel eine befriedigende Liebesbeziehung zu Menschen, auch wenn sie vielleicht nur vorübergehend ist. Wir können aber vor allem eins: Wir können uns selbst lieben und dem Augenblick alles an Erfülltheit, an Liebenswertheit abgewinnen, was wir uns mit Sicherheit dann vorenthalten würden, wenn wir lebenslang nur wie gebannt auf die Entbehrungen fixiert sind.

Ich akzeptiere meine Fehler – und ändere sie

Ein bißchen wehmütig schaut Marion schon drein, als sie auf der Bank und dem Rasen im Park die Pärchen engumschlungen miteinander schmusen sieht. »Warum kann ich nicht dazugehören«, seufzt sie. Die eine oder andere Liebelei hatte sie zwar in ihrem Leben auch erlebt, aber nach einiger Zeit war es dann auch schon wieder vorbei gewesen. So war sie mit achtundzwanzig Jahren immer noch »solo«.

»Was habe ich bloß an mir, daß es niemand lange mit mir aushält«, klagte sie ihrer Freundin verzweifelt. Dabei war Marion eine hübsche junge Frau und in der städtischen Buchhaltung tätig. Zu ihren Kollegen hatte sie stets ein gutes Verhältnis. »Ist es denn so schlimm, daß ich meinen Beruf auch zu meinem Hobby gemacht habe? Ich lese gerne Bücher. Viele Männer bringen sich doch abends auch noch Arbeit mit nach Hause«, beklagte sie sich.

Aber gerade da lag der Hase im Pfeffer, wie man so schön sagt. Intelligent war Marion sowieso und durch ihren Beruf auch sehr belesen. Sie wußte vieles, was das Allgemeinwissen eines Menschen übersteigt. Welcher Mann mag schon, daß ihm eine Frau geistig überlegen ist.

Viele Menschen können Beruf und Privatleben schwer auseinanderhalten, nicht abschalten, wenn sie abends von der Arbeit heimkommen. Darüber sollte sie einmal nachdenken. Das wichtigste – nicht nur für eine partnerschaftliche oder eheliche Beziehung – ist, daß ich mich zu meinen Fehlern bekenne. Nur so kann ich sie ablegen.

Die Fähigkeit zum Glücklichwerden, das positive Lebensgefühl entspringt oft einem Mangel an stetiger Liebe und Zuwendung, an Kontakt und Geborgenheit. Wenn eine partnerschaftliche Beziehung beide so umschließt, daß der eine den anderen so gelten läßt, wie er ist, so achtet und so liebt, kann diese Beziehung geradezu als ein Musterbeispiel jenes Gleichgewichtszustandes unterschiedlich wirkender und sich ergänzender Interessen gelten, den wir als gemeinsames Glück empfinden. Versuchen Sie nicht, andere zu manipulieren und zu dirigieren, sie als Objekt von Wünschen und von Besitzdrang zu mißbrauchen. Dadurch führen Sie die Neigung zur Flucht und schließlichen Trennung herbei.

Fehler haben wir alle. Doch schlimm wird es erst, wenn wir sie nicht wahrhaben wollen und verdrängen. Versuchen Sie stets, nicht nur bei anderen die Mängel zu sehen und korrigieren zu wollen. Fangen Sie bei sich selbst an. Ob es nun um eine partnerschaftliche oder eheliche Beziehung geht oder um eine Streitfrage zwischen Eltern und Kindern, ist dabei ganz unerheblich.

Ein Vater besteht darauf, daß seine siebzehnjährige Tochter stets um 22.00 Uhr zu Hause sein soll mit der Begründung, bei ihm wäre es früher auch so gewesen und darum könnte er es von seinen Kindern ebenfalls verlangen.

Er sollte sich überlegen, daß sich zum einen die Zeiten geändert haben, zum anderen war er bestimmt in seiner eigenen Jugend von dieser Strenge ebensowenig erbaut wie seine Tochter heute. Für Fehlverhalten, das man selbst zu spüren bekam, sollte man nicht andere büßen lassen.

Da ist eine Frau, die ihren Mann ständig kritisiert. Kaum steht er abends in der Tür, schon sieht sie ihm mit vorwurfsvollem Blick auf die nicht genug gesäuberten Schuhe. »Wo warst du so lange? Ich warte mit dem Essen. Leg die Zeitung ordentlich zusammen.« So geht es den ganzen Abend. Wie besessen putzt sie den ganzen Tag. Jede Kleinigkeit steht an seinem Platz. Ein Staubkörnchen müßte man mit der Lupe suchen.

Versuche, sie dazu zu bewegen, eine Arbeit anzunehmen, damit sie Ablenkung hat. Das schlägt sie protestierend in den Wind. Wer sollte den Haushalt versorgen?

Vielleicht hat diese Frau einen Nachholbedarf an Wärme und Zärtlichkeit, entweder noch aus der Kindheit, oder ihr Mann hat sie in dieser Hinsicht vernachlässigt. Wenn er imstande wäre, trotz ihrer Meckereien, sie mit Liebe und Zärtlichkeit zu überhäufen, wird sie möglicherweise ausgeglichener werden. Oft ist tief in unserem Inneren die Ursache unserer Fehler und Mängel zu suchen. Wir müssen sie akzeptieren, wenn wir sie ändern wollen, denn wir belasten nicht nur andere, sondern vor allem uns selbst.

Ich wähle das Positive – und vergesse das Negative

»Mein Gott, wie lange wirst du mir das noch vorhalten? Kannst du nie etwas vergessen?« Kurt war jetzt außer sich. Es ging wieder um das liebe Geld. Kurt hatte die Meisterprüfung nicht bestanden und konnte sie erst in einem halben Jahr nachholen. Petra, seine Frau, hatte ihren Beruf wegen der Geburt des Sohnes aufgegeben. So war das Geld knapp, und sie hielt Kurt ständig vor, daß sie von seinem Gehalt als Geselle schlecht leben könnten.

In jedem Menschen steckt der geheime Wunsch nach dem Absoluten, nach dem Vollkommenen. Ob es sich dabei um Liebe, Jugend, Schönheit, Ansehen oder Geld handelt, ist ganz gleich. Wenn aber die angestrebte Bedürfnisbefriedigung nicht erreicht werden kann, so ist die Möglichkeit von Kompromissen und Kompensationen gegeben. Wir alle müssen Kompromisse machen und mit der Unvollkommenheit der anderen Menschen und der Umstände zufrieden sein, denn wir alle sind nicht vollkommen.

Ich darf nicht nur die negativen Seiten in anderen Menschen sehen, denn auch ein jeder hat positive, die gesucht und bejaht werden sollten. Aber auch in mir selbst muß ich das Positive suchen und entdecken, wenn ich mich selbst bejahen und glücklich werden will.

Der trübe Novemberhimmel paßt ebensogut zu Bernds Stimmung wie zu den kahlen Bäumen und Sträuchern, die vor dem Fenster stehen.

In letzter Zeit tritt die Resignation immer häufiger bei ihm auf. Deprimiert sitzt er am Schreibtisch, traut sich nichts mehr zu. In der Schule ist er überreizt. Oft graut ihm vor jedem neuen Tag. Vor jeder Arbeit möchte er am liebsten tagelang den Kopf in den Sand stecken, wenn er es könnte.

»So kann es nicht weitergehen.« Bernds Mutter versucht, ihn aufzuheitern. »Du hast doch keinen Grund, an dir selbst zu zweifeln. Mit etwas Mut und Fleiß wirst du im nächsten Jahr das Abitur bestehen. Mit achtzehn Jahren stehen dir dann alle Wege offen.«

Bernd ist unzugänglich, aber kein schlechter Schüler. Seine ganze Schulzeit hindurch begleitete ihn die Angst: Ich schaffe es nicht. Warum soll ich mich also anstrengen? Aus dieser Angst heraus hatte er manche Arbeit verhauen, wonach er sich regelmäßig für einen Versager hielt.

Einstellungen gehen uns voraus wie magische Kräfte, ob sie nun heiter oder düster sind. Sie verursachen Krisen und Depressionen, die unseren Lebenswillen und unser Selbstwertgefühl im Keim ersticken.

Leider sind wir nicht alle von Kindheit an glücklich, haben nicht alle eine frohe unbeschwerte Natur. Viele sind nicht zum positiven Denken geeignet. Darum müssen solche Menschen sich von der Ausstrahlung fröhlicher Menschen anstecken und mitreißen, anstatt sich von deren Kraft unterdrücken zu lassen. Gerade den Schwächeren gehört positiver Zuspruch und Halt gegeben.

Ganz wichtig für mich selbst ist, daß das Selbstbewußtsein gestärkt wird, indem ich mich so akzeptiere, wie ich bin, mit allen Mängeln geistiger und körperlicher Art. Meinen Wert darf ich nicht unter den Scheffel stellen. Ich darf mich wichtiger nehmen als irgendwelche Vorbilder. Ich kann mir nur selbst helfen, wenn es gelingt, mich von der eigenen negativen Einstellung mir selbst gegenüber zu befreien. Ungeahnte Kräfte werden plötzlich frei, wenn der Druck von uns genommen wird, wenn ich mich nicht mehr selbstquälerisch dem eigenen Unvermögen hingebe.

Ich muß spüren, daß nicht nur die Leistungen zählen, sondern daß ich als Mensch lebens- und liebenswert bin.

Warum soll Bernd eigentlich das Abitur machen? Sein Vater und auch sein Großvater haben studiert, und für sie ist es etwas Selbstverständliches, daß auch Bernd das Abitur macht und ein Studium beginnt. Daß es ihn bedrückt und sehr belastet, bedenken sie nicht.

Hängt denn das Lebensglück von irgendwelchen Leistungen ab wie in diesem Falle von der Reifeprüfung? Anstatt ihn dazu zu zwingen, sollten sie ihn entscheiden lassen, welcher Beruf ihm Freude machen würde. Auch ohne einen Titel kann man im Leben viel erreichen. Seine Qualitäten und positiven Seiten liegen nun mal woanders. Darum suchen wir das Positive und vergessen das Negative. Nur so kann man wirklich glücklich werden.

Ich nehme mich ernst – aber nicht zu wichtig

»Nein, das geht einfach nicht. Du hast mir versprochen, morgen abend mit mir ins Theater zu gehen, Rolf. Sag bitte deinem Geschäftspartner ab. Ihr könnt euch ein anderes Mal besprechen.« Bea war außer sich. »Wann wirst du endlich begreifen, daß es für mich noch andere, wichtige Dinge gibt, als dauernd auf Partys, ins Theater und dergleichen zu gehen? Von diesem Gespräch hängt vielleicht ein großes Geschäft ab. Geh mit einer Freundin ins Theater.« »Entscheide dich, was dir wichtiger ist, das Geschäft oder ich«, entgegnete sie. »Es ist bestimmt nicht zuviel verlangt, wenigstens die Abende mit mir zu verbringen, wenn du schon den ganzen Tag außer Haus bist.«

Doch, das ist es! Zugegeben, viele verheiratete Frauen warten voller Ungeduld am Abend auf die Heimkehr des Mannes. Doch viele Frauen wollen finanziell gutsituiert sein, möchten einen erfolgreichen Mann haben. Gut, wenn ich ihn habe, aber dann muß ich auch in Kauf nehmen, daß ich öfter abends oder sogar tagelang auf ihn verzichten muß, zum Beispiel wegen einer Geschäftsreise.

Dies gilt für die Frau eines erfolgreichen Mannes genauso wie für diejenige, die mit einem strebsamen Angestellten verheiratet ist. Da muß ich mich doch einmal fragen: Möchte mein Mann vielleicht auch lieber die Abende mit seiner Frau und seiner Familie verbringen? Geht er zum Vergnügen mit seinen Geschäftsfreunden aus oder tut er es letztlich nicht für mich und die Kinder?

Niemand soll sich in den Schatten stellen, aber auch nicht zu wichtig nehmen. Es könnte dann allzuleicht passieren, daß mein Angetrauter den Eindruck gewinnt, für nichts und wieder nichts zu arbeiten. Und wer mag das schon?

Aber nicht nur unter Eheleuten oder in einer partnerschaftlichen Beziehung gibt es Menschen, die sich zu ernst und zu wichtig nehmen.

Da ist ein leitender Angestellter zum Abteilungsleiter aufgestiegen und meint nun, er könne seine früheren Kollegen wie Lehrlinge behandeln. Am liebsten sähe er es, wenn künftig alle Entscheidungen über seinen Schreibtisch laufen, auch diejenigen, die nicht sein Ressort betreffen. Er kommt sich plötzlich wie der wichtigste Mann gleich nach dem Chef vor.

Diese Einstellung kann natürlich die beste Stimmung in einer Firma vergiften. Zugegeben, er hat sich vielleicht mit Fleiß hochgearbeitet, diese Position schon lange im Auge gehabt und sie angestrebt. Aber dann wird er mit dem Erfolg nicht fertig. Er wächst ihm buchstäblich über den Kopf.

Ich ergreife meine Freiheit

Ich erkenne meine Möglichkeiten – aber auch meine Grenzen

Ganz klar, Möglichkeiten, die uns gegeben sind, sei es im privaten oder beruflichen Bereich, sollten genutzt werden, doch wie sieht es aus, wenn andere dabei zu kurz kommen?

Beate hatte das Studium aufgegeben, als sie und Bernd heirateten. Die kleine Marion hatte sich angemeldet, und Beate wollte fortan nur noch Hausfrau- und Mutterpflichten erfüllen.

Doch jetzt, Jahre später, inzwischen war auch Sven geboren, füllen sie diese Dinge nicht mehr aus. Sie fühlt sich vom Leben in irgendeiner Weise betrogen. Kurz gesagt: Ihr fehlt die richtige Aufgabe. Unzufriedenheit, ja sogar Panik macht sich manchmal breit. Zwistigkeiten und Streit zwischen ihr und Bernd waren die Folge. Zu gerne möchte Beate ihr Studium wieder aufnehmen. Was hatte sie für Möglichkeiten, und wie hätte sie heute dastehen können mit einem abgeschlossenen Studium für Kunstgeschichte. »Tür und Tor würden mir offenstehen, vielleicht hätte ich heute schon eine Ausstellung hinter mir.« Sie durfte gar nicht weiterdenken. Die Malerei, das war schon immer ihr Hobby gewesen. Bereits als Kind konnte sie sich stundenlang mit Malkasten und Pinsel beschäftigen. Ihr Wunsch war es von jeher gewesen, Bilder zu malen, weil sie sich so am besten vermitteln konnte, wie sie meinte.

»Der Traum ist ausgeträumt«, dachte sie bei sich. Ein wenig Bitterkeit lag im Unterton, denn Beate wußte ganz genau, daß mit zwei Kindern und einem Haushalt und ehelichen Pflichten ein Studium nicht möglich war.

So wie Beate geht es vielen Menschen, die meinen, ihre Möglichkeiten nicht voll ausgeschöpft zu haben. Ist es zu einer Modekrankheit oder Zeiterscheinung geworden, daß viele Menschen oft keinen Lebenssinn finden? Liegt er wirklich in dem, was noch zu erreichen ist, in dem, was wäre wenn...? Machen wir uns doch lieber einmal klar, was erreicht ist. Warum ist eine Frau unglücklich, wenn sie einen treusorgenden Mann und liebevollen Vater hat und Kinder, die gesund und wohlgeraten sind? Von wie vielen Frauen würde sie beneidet werden, die ihre Kinder allein großziehen und ihr Leben allein meistern müssen. Können sie nicht von Glück reden, was sie erreicht haben?

Sicher möchte jeder seinen Wunschtraum erfüllt sehen, aber macht es uns glücklich, wenn das Familienleben darunter leiden muß? Jede Sache hat ihren Sinn. Jede Arbeit, die Spaß macht und den gewünschten Erfolg bringt, kann auch glücklich machen. Plagen und widrige Umstände nehmen wir auf uns, wenn dadurch das beabsichtigte Ziel erreicht wird und das Ergebnis auch für andere von Nutzen ist, war die ganze Anstrengung der Mühe wert und hat ihren Sinn erfüllt.

Wir wissen erst genau, warum wir leben, wenn wir erkannt haben, daß wir gebraucht werden. Bedeutet es nicht auch schon Glück für einen Menschen zu wissen, für andere, die ihm nahestehen, dazusein? Wie viele Menschen, die allein im Leben stehen, würden gerne mit ihnen tauschen.

Robert, ein 35jähriger Ingenieur, ist von seiner Firma ein Dreijahresvertrag auf einer Baustelle im Vorderen Orient angeboten worden. Das Angebot klingt, zumindest in finanzieller Hinsicht, sehr verlockend. Robert könnte in dieser Zeit so viel Geld verdienen, daß er das Häuschen, das er für seine Familie gebaut hat, bezahlen könnte.

Tage voller Ungewißheit vergehen. Inge, seine Frau, weiß, daß ihr Mann dort seine Fähigkeit in der Firma beweisen könnte. Darum will sie ihm auch nicht im Wege stehen. Dennoch hofft sie insgeheim, daß er das Angebot nicht annimmt.

Robert hat die Abenteuerlust gepackt. Das muß er sich eingestehen. Darüber hinaus hätte er die Möglichkeit, nach seiner Rückkehr in der Firma einen leitenden Posten zu beziehen. Wie ist es aber nach der Rückkehr mit Ehe und Familie? Ist die Beziehung zu seiner Frau durch die lange Trennung nicht abgekühlt? Haben sich die Kinder in der Zwischenzeit von ihm entfremdet?

Robert hat sich entschieden, bei seiner Familie zu bleiben. Wenn er ganz ehrlich ist, überkommt ihn manchmal das Fernweh, seine Aufgaben aber sind hier. Das Glück in seiner Familie zu erhalten, ist ihm wichtiger.

Es kommt auf uns allein an, ob wir Treibsand der eigenen Sehnsüchte, der Tendenzen der Gegenwart oder des eigenen Zeitgeistes sind, oder ob wir stark wie ein Baum verwurzelt sind in einem Leben, das uns glücklich macht.

Ich binde mich – und gewinne Unabhängigkeit

Zugegeben, das mag paradox klingen, aber sind es nicht gerade Fälle von Abhängigkeit, die geradezu die Unabhängigkeit herausfordern?

Langeweile, nichts zu tun zu haben, gibt es nicht. Oder besser – sollte es nicht geben. Viele Menschen wissen aber auch gar nichts für ihren Ausgleich zu tun. Und dann? Dann fällt ihnen die Decke auf den Kopf, und sie suchen jemanden zum Heiraten. Damit er sie – oder sie ihn – aus der Einsamkeit erlöse.

Nur, die Rechnung geht nicht auf. Weil ein Ehemann letztlich doch nicht die erhoffte Erfüllung bringt, kommt die gelangweilte Ehefrau auf »dumme Gedanken«, anstatt sich um ein wenig Abwechslung, die auch gleichzeitig die Unabhängigkeit fördern könnte, zu bemühen. Entweder sie überkommt der obligatorische Putzfimmel, in dem sie ihren Frust zu vergessen sucht, oder sie vertrödelt ihre Zeit vor dem Fernsehapparat.

Simone hat es »geschafft«, wie es so schön heißt. Sie hat sich ihren Traummann »geangelt«. Frank ist ein erfolgreicher Unternehmer, hat ein sicheres Auftreten und sieht blendend aus. Kein Wunder, daß Simone im siebenten Himmel schwebt, als er sie endlich zum Traualtar führt.

Die erste Zeit ihrer Ehe vergeht wie im Fluge. Eine Party jagt die andere. Mit ausgedehnten Einkaufsbummeln, Tennisspielen und gelegentlichem Kaffeeklatsch verbringt Simone nun fortan ihre freie Zeit.

Wer möchte nicht ein solch unbeschwertes Leben führen? Und trotzdem – von einem Tag zum anderen fühlt sie sich tagsüber in die Ecke gestellt und abends zum Vorzeigen herausgeholt. Nein, eine Modepuppe und ein reizendes

Aushängeschild für ihren Mann will Simone denn doch nicht sein.

Nüchtern stellt sie fest, daß sie eigentlich ein langweiliges Leben führt. Gewiß, finanzielle Sorgen kennt sie nicht, aber nur Ausgehen, Gäste empfangen und Geld ausgeben befriedigt sie auf die Dauer auch nicht. Ganz klar, Simone braucht eine Aufgabe. Wie aber soll sie das Frank beibringen, der dafür wenig Verständnis aufweist?

Freunde und Bekannte sind allzu vertraut und bieten nichts Neues mehr. Aber gerade das müßte sein, wenn das Leben ausgefüllt sein soll. Ohne es zunächst selbst zu bemerken, wächst Simone in eine Krisensituation hinein.

Frank wird es nie verstehen, und recht ist es ihm schon gar nicht, daß seine Frau für eine Werbeagentur Arbeit angenommen hat. Doch Simone ist glücklicher denn je. In ihrem Leben hat sich endlich etwas getan und zu ihrem Vorteil verändert. Durch ihre Unabhängigkeit ist ein Stück Persönlichkeit in ihr gewachsen. Das war ihr wichtiger als die finanzielle Sicherheit durch ihren Ehemann.

Oft heißt es vorwurfsvoll: »Ich sorge für dich und die Kinder, was willst du mehr?« Verständnisloses Kopfschütteln ist keine Seltenheit. Warum aber möchte eine Hausfrau eine außereheliche Tätigkeit aufnehmen? In erster Linie möchte sie, wenn es nicht wegen einer schlechten Finanzlage ist, sich selbst beweisen, daß sie außer Kochen und Putzen noch andere Dinge leisten kann. Dazu haben wohl auch die Männer eine gehörige Portion beigetragen, denn über die Hälfte aller Ehemänner sind der Ansicht, daß die Hausarbeit eine »Kleinigkeit« ist.

Erst wenn die Ehefrau berufstätig ist, wird sie in vielen Fällen vom Partner als gleichwertig angesehen. Von der Doppelbelastung durch Haushalt und Kinder zusätzlich ganz zu schweigen.

Außerdem kann es jedem passieren, daß er plötzlich ohne Ehepartner dasteht und allein für sich selbst und die Familie sorgen muß.

Lange Rede, kurzer Sinn – Unabhängigkeit bedeutet ein Stück Freiheit. Um glücklich zu sein, müssen wir kleine Erfolge verbuchen können. Dazu bedarf es keiner Karriere, sondern nur einer Tätigkeit, in der wir andere Menschen um uns haben. Wem genügt es schon, den ganzen Tag in Gesellschaft eines Kochtopfs oder eines Staubsaugers zu verbringen? Trotz Bindung sollte sich jeder ein Stückchen Unabhängigkeit bewahren, das zum Sinn des Lebens gehört. Das ist für unser Glück unentbehrlich, nicht nur in einer ehelichen Beziehung, sondern auch in einer partnerschaftlichen und im Verhältnis zwischen Eltern und erwachsenen Kindern. Wer sich nicht selbst behaupten kann, verfällt leicht in eine depressive Abhängigkeit. Die eigene Meinung fehlt, und nur das, was der andere sagt, zählt. Zu seinem Glück kann jeder Mensch selbst ein Stück beitragen.

Ich nutze meine Chancen – und erweitere sie

Was, glauben Sie wohl, kann einen unglücklichen Menschen wieder glücklich machen? Richtig, seine Selbstfindung und ein Beruf, der ihm Freude macht. Das haben Psychologen herausgefunden. Der Grund: Hat eine Frau einen Beruf, kann sie sich, ohne ihren Mann um Erlaubnis zu fragen, ein schickes Kleid oder eine neue Frisur leisten. Und schon geht's viel besser.

Mit anderen Worten: Aus dem Dummchen wird ein Mensch, Dienstbote bleibt sie natürlich trotzdem. Denn wehe, ihr Beruf kommt seinem bequemen Lebensstil in die

Quere. Vorschriften will er sich erst recht nicht machen lassen. Zugegeben: Die Lage sieht oft recht fatal aus. Ledige Frauen haben eine größere Chance, Karriere zu machen als verheiratete. Trotzdem – auch Ehe- und Hausfrauen sollten ihre Chance, sich weiterzubilden, nutzen. Wer keine kleinen Kinder zu versorgen hat und nebenher ein Studium beginnen will oder eine Karriere als Fotomodell wittert, wird auch ohne daß Mann und Kinder vernachlässigt werden müssen, einen Weg finden, seinen Horizont zu erweitern.

Es soll hier aber nicht nur um die beruflichen Chancen der Weiterbildung gehen. Das Leben stellt uns alle einmal vor Aufgaben, die zu bewältigen sind, aber es bietet uns auch oft unendlich viele Chancen, die es zu nutzen und auszubauen gilt. »Wer wagt, gewinnt«, heißt ein Sprichwort. Mut gehört eben dazu, wenn wir glücklich werden wollen.

Jeder Mensch hat Ideale, Vorbilder. Aber niemand kann genauso sein wie der andere, auch wenn er es noch so anstrebt. Seine Qualitäten liegen woanders. Er muß sie suchen und erweitern, anstatt sich an etwas zu klammern, das nicht oder nur unter schwierigen Umständen zu erreichen ist.

»In unserem Warenhaus ist eine Stelle als Marktleiter ausgeschrieben worden«, erzählt Werner am Abend seiner Frau. »In die engere Wahl kommen all diejenigen, die verschiedene Seminare in Verkaufstechnik und Rhetorik vorweisen können.« Da es noch einige Zeit dauert, bis der hiesige Marktleiter, Herr Schneider, in Pension geht, hätte Werner bis dahin die Chance, sich weiterzubilden. Während seine Frau begeistert ist, macht sich bei Werner eine Unsicherheit breit. Lange genug war er Abteilungsleiter, hatte sogar seinen Chef schon einmal vertreten, doch ob er diesen verantwortungsvollen Posten anstreben sollte, wie würde er dort zurechtkommen?

Wer selbst mit sich und seinem Leben fertig werden will, muß sich selbst erkennen, seine Fähigkeiten, aber auch die weniger ausgeprägten Eigenschaften. Sonst vermindert sich das Selbstvertrauen, und der Betroffene nimmt großen Schaden.

Der gesellige, dynamische Typ ist wahrscheinlich ein guter Geschäftsmann, wenn er seine mathematischen Fähigkeiten und den Spürsinn für das Gefragte weiterentwickelt, während jemand mit geschickten Händen von Natur aus lieber praktische handwerkliche Tätigkeiten bevorzugt.

Das Angebot war nie so differenziert wie heute. Angebot und Nachfrage bestimmen den Markt, und deshalb bleibt manchem nichts anderes übrig, als eine Tätigkeit anzunehmen, die womöglich seiner ausgeprägten Veranlagung widerspricht.

Wir alle haben das Recht, unsere Chance zu nutzen und sie persönlich wertvoll und nach eigenen Vorstellungen zu erweitern. Dazu bedarf es außer der Selbsterkenntnis auch der Eigenliebe, womit nicht purer Egoismus oder Eitelkeit gemeint sind, sondern die Zufriedenheit mit sich selbst.

Ich vertrete mich – und respektiere andere

Es gibt immer noch viele Menschen, die glauben, daß alle Berufe, die ein gewisses Maß an Intelligenz erfordern, nur von Männern ausgeführt werden könnten. Damit muß ein für allemal Schluß sein.

Es soll hier nicht bewiesen werden, daß Frauen intelligenter sind als Männer, sondern daß sie über ebenso viel Intelligenz verfügen und in der Lage sind, aus ihrem Leben etwas zu machen. Das soll nicht heißen, daß sie sich auf dem

Wege der Macht befinden, auf dem Männer nichts zu melden haben. Auch Frauen müssen sich einordnen, aber nicht sich unterkriegen lassen.

Elke erinnert sich noch genau an den Tag, als sie nach der Scheidung allein mit zwei Kindern im Leben stand. Sechs Jahre aus dem Beruf. Eine lange Zeit, wenn man den Anschluß ans Berufsleben wiederfinden will. Vor der Geburt der Kinder hatte sie in einem Architektenbüro gearbeitet, was ihr großen Spaß gemacht hatte. Sie meinte, das große Los gezogen zu haben, als ihr die Chance geboten wurde, wieder in ihrem Beruf arbeiten zu können. In den ersten Tagen ihrer wiedergewonnenen Tätigkeit mußte sie feststellen, wie schwierig das war. Vieles hatte sich hier verändert. Zuerst fand sie sich am Zeichenbrett nicht mehr zurecht. Wenn sie die Stelle behalten wollte, war sie gezwungen, einen Abendkurs nebenbei zu besuchen.

Es kann nicht schwieriger kommen, als es jetzt schon ist, sagte sie sich und machte sich an die Arbeit. Heute ist das drei Jahre her, und Elke erinnert sich schmunzelnd an die zurückliegende Zeit. In einem eingespielten Team von männlichen Kollegen hat sie sich behauptet. Sicher hatte sie manchmal zurückstecken müssen, aber zu Recht, wie sie im nachhinein feststellte. Eine schwere Zeit lag hinter ihr, doch es war der Mühe wert gewesen, sie zu überstehen. Heute wird sie von ihren Kollegen in jeder Hinsicht akzeptiert.

Aber nicht nur im Beruf muß man flexibel sein, wenn einem das Glück und die Zufriedenheit wichtig sind. Wie steht es mit freundschaftlichen Beziehungen? Damit sind wir bei der Tatsache angelangt, daß eine gesunde Portion Egoismus einer Freundschaft auf die Dauer besser bekommt als übertriebene Opferbereitschaft.

Wenn Ihre Freundin Ihnen schon seit Tagen jeden Abend mit ihrer Anwesenheit auf die Nerven geht, nur weil sie gerade Langeweile hat, sagen Sie ihr, daß Sie den Wunsch verspüren, endlich wieder allein zu sein.

Wird Ihnen die Gelegenheit geboten, ein paar Tage zu verreisen, müssen Sie nicht wegen Ihrer besten Freundin darauf verzichten. Wenn sie nicht gerade in seelischem Kummer zu ersticken droht, wird sie die paar Tage allein überstehen.

Kurzum – eine ehrliche Freundschaft ist keine Krücke, auf die ich mich pausenlos stützen muß. In vielen Lebenslagen ist sie eine unentbehrliche Hilfe, aber im Prinzip muß ich eines bewahren: die Möglichkeit, meine eigene Persönlichkeit zu entwickeln und zu entfalten, zu lernen, mich anzupassen und mit mir selbst zurechtzukommen. Nur wer sich privat und beruflich nicht mit Haut und Haaren vereinnahmen läßt und sich genügend Spielraum einräumt, kann sein eigenes Leben leben.

Es kommt dabei immer auf die jeweilige Situation an. Gerade in einer partnerschaftlichen oder ehelichen Beziehung ist nichts wichtiger als Fingerspitzengefühl.

Heidi hatte sich für den Abend mit Manfred ganz besonders herausgeputzt. Als er endlich nach Hause kam, fallen ihm bei Heidis Anblick gleich alle Sünden ein. »Ich habe ja total vergessen, daß wir heute abend ausgehen wollten. Tut mir leid. Stell dir vor, Klaus ist heute in München, und wir wollten einen kleinen Bummel unternehmen. Er fährt morgen schon weiter.«

Enttäuscht setzt Heidi sich auf den nächstbesten Stuhl. ›Der Abend ist gelaufen‹, denkt sie wütend. Am liebsten würde sie Manfred fragen, was ihm denn wichtiger sei, einen lange versprochenen Abend zu zweit oder Klaus, der nur anzurufen braucht. Wie oft schon hatte Heide seinetwegen einer Freundin abgesagt. Klaus bittet sie, die Sache auf morgen zu verschieben. Schließlich willigt Heidi widerwillig ein, denn was soll sie mit einem Partner, der den ganzen Abend gelangweilt und vielleicht noch maulend mit ihr verbringt. Doch nur unter der Bedingung, daß er sich für den nächsten Abend nicht wieder etwas anderes vornimmt.

Als er gegangen ist, weiß Heidi gar nicht, worüber sie sich am meisten ärgern soll. Über den geplatzten Abend oder darüber, daß sie nachgegeben hatte. Während sie ihr neues Kleid wütend in die nächste Ecke schmeißt, denkt sie darüber nach, wie sie diesen Abend noch retten kann.

Dafür gibt es sicher genug Alternativen. Vielleicht ist ein Besuch bei einer Freundin oder Arbeitskollegin bereits überfällig. Zugegeben, Heidis Ehre ist ein wenig angekratzt, weil sie ihre Persönlichkeit nicht genügend vertreten hat, doch es gibt Situationen, in denen es besser ist, andere zu respektieren.

Ich werde gesund

Ich suche mein Gleichgewicht – und erfahre Kraft

Wer hat ihn nicht einmal, den Einsamkeitskoller? Natürlich gibt es genug Arbeit und Zerstreuung in der Freizeit. Noch nie war das Freizeitangebot so reichhaltig wie heute. So viel Zeit gibt es gar nicht, um alle Möglichkeiten der Angebote auszunutzen. Und trotzdem: Ehe man sich versieht, erwischt es einen doch. Dieses dumme Gefühl, das uns aus dem Gleichgewicht bringt. Man fühlt sich elend und einsam, schlichtweg zum Heulen.

Trauer, Leid, Verbitterung, Mut- und Trostlosigkeit, Hoffnungslosigkeit und Entscheidungsunfähigkeit, all diese Dinge kennzeichnen das Bild einer depressiven Lage. Appetitlosigkeit, schlechter Schlaf, lustlos und vom Leben überfordert sind die Folgen.

Was tun, um diese Niedergeschlagenheit zu bewältigen und das Gleichgewicht wiederzuerlangen? Heulen Sie, heulen Sie, was das Zeug hält. Am besten zu einer Musik, deren Stimmung das ganze Leid noch vertieft. Wenn Sie dann irgendwann erschöpft vom Schluchzen todmüde ins Bett sinken und schlafen wie ein Murmeltier, fühlen Sie sich am nächsten Tag schon viel besser.

Nun ist es aber wirklich an der Zeit, die Ursache für den derzeitigen seelischen Kummer herauszufinden. Und dann? Ja dann ist es wahrhaft ein Segen, wenn man eine gute Freundin oder einen guten Freund zur Seite hat, der aufheitern kann.

»Schluß jetzt! Genug Trübsal geblasen!« Mit diesen Worten erscheint Karin bei ihrer Freundin Sarah, die schon seit einer Woche nicht mehr aus dem Haus geht. »Samstag gebe ich eine Party und möchte dich dazu einladen.« »Nicht ohne Harald. Seit er mich verlassen hat, gehe ich nirgends mehr hin. Der Schmerz, den er mir angetan hat, hat mich richtig krank gemacht.« Sarah sieht tatsächlich mitgenommen aus. Aber Ausflüchte wie ›Ich habe nichts zum Anziehen, keine Lust, oder ich will niemanden sehen‹ läßt Karin gar nicht erst gelten.

»Sag mir nicht, was du nicht hast, sondern überleg lieber, was du hast. Du bist gesund, hast zwei gesunde Beine, mit denen du tanzen kannst, mit ein bißchen Schminke siehst du wieder toll aus, und zum Anziehen finden wir schon etwas. Außerdem wirst du bei der Gelegenheit bestimmt einen neuen Typen kennenlernen. Wir machen jetzt einen Einkaufsbummel, dann geht es dir gleich besser.«

Jeder Mensch durchlebt in seinem Leben hin und wieder eine Phase, in der er sich ganz und gar mies fühlt. Dann meint man, die Decke fällt einem auf den Kopf und die Wände würden über einem zusammenstürzen.

Schlimm genug für denjenigen, aber daran zugrunde gehen braucht niemand. Auch wenn es unendlich viel Mühe und Überwindung kostet, die täglichen Pflichten zu erledigen. Sie sind die wahren Helfer aus der miserablen Lage und nicht etwa Alkohol und Betäubungsmittel. Sie führen höchstens zur Abhängigkeit und machen die ganze Sache nur noch schlimmer.

Versuchen Sie lieber, nach und nach Dinge zu tun, die Ihnen Spaß machen. Jetzt ist es an der Zeit, sich selbst etwas Gutes zu gönnen. Ein neues Kleid, eine andere Frisur können schon kleine Wunder vollbringen.

Gehen Sie ruhig noch einen Schritt weiter. Laden Sie Freunde und Bekannte ein und bereiten ein köstliches Mahl vor. So werden Sie Komplimente ernten. Das gibt ungeheuren Auftrieb, und man kann wieder kleine Erfolge verbuchen. So kommt die Welt langsam wieder in Ordnung. Warten Sie nicht so lange, bis andere Sie aus Ihrer Trauer und Isolation herausholen. Nein, man selbst muß den ersten Schritt tun, um wieder glücklich zu werden.

Machen Sie sich immer wieder klar, daß Mißerfolge genauso zum Leben gehören wie Erfolge. Nur wer auch bereits Mißerfolge in seinem Leben durchlebt hat, kann sich über das Glück freuen, das darauf folgt.

Schritt für Schritt werden Sie bemerken, wie gut Sie sich wieder im Leben zurechtfinden. Dies ist der beste Weg, dem Leben wieder einen Sinn zu geben und gern weiterzuleben.

Ich lebe gesund – und meide Übertreibungen

›Gesund abnehmen, in einer Woche bis zu acht Pfund‹, verspricht eine Beilage in einer Zeitschrift. Nicht schlecht, könnte man meinen. Gesund zu leben ist sowieso gut, und schlank sein, wer möchte das nicht? Nur, das ist oft leichter gesagt als getan.

Mühsam zwängt sich Sybille aus der viel zu engen Jeans, um sich gleich daraufhin ihren bequemen Schlafanzug anzuziehen. Wieder einmal hatte sie einen wenig erfreulichen und ziemlich erfolglosen Abend in der Diskothek hinter sich gebracht. ›Nur noch einmal sündigen, ab morgen nehme ich ab‹, nahm sie sich wie schon so oft vor, als sie die Tür zum Kühlschrank öffnete.

Wie vielen Menschen mag es so gehen wie Sybille? Wie herrlich ist es, mit der Mode zu gehen, all die schicken Sachen zu tragen, die anziehend wirken und von denen gerade junge Mädchen träumen. Um das genießen zu können, hungern sie sich die überflüssigen Pfunde buchstäblich herunter, oft nach dem Motto: Lieber krank als zu dick. Eine Diät nach der anderen wird ausprobiert. Wenn sich nämlich nach ein paar Tagen nicht der gewünschte Erfolg einstellt, versucht man es mit Gewalt – es wird radikal gehungert. Die Folge: Magersucht. Sie entwickelt sich häufig nach einer gewaltsamen Abmagerungskur. Dabei ist unser Körper auf die Einnahme von täglichem Essen und Trinken eingestellt. Das muß nicht unbedingt die Kalorientabelle rauf und runter bedeuten. Auf das bei vielen Menschen schon zur Gewohnheit gewordene Stück Torte läßt sich am Nachmittag gut verzichten, auch auf das halbe Hähnchen in der Nacht.

Viel wichtiger ist es, die täglichen Essenszeiten festzulegen, je nach Bedarf fünf kleinere oder drei Hauptmahlzeiten. Ich plane im voraus, was ich essen möchte. Kohlehydrate und Fett werden möglichst gestrichen. Auch ohne sie kann man sich gut eine kleine Portion appetitlich auf dem Teller anrichten, denn das Auge ißt ja bekanntlich mit. Mit der Zeit kann man feststellen, daß der Magen eigentlich viel weniger benötigt, als ihm durch ständiges Schlingen zugemutet wurde.

Falls sich der häusliche Kühlschrank immer noch als Verführung erweist, versuche ich, möglichst wenig auf Vorrat einzukaufen. Manchmal hilft es schon, wenn ein Foto aus dicksten Zeiten in der Innentür angebracht wird, damit man gleich an das zu reduzierende Übergewicht erinnert wird, wenn man ihn öffnet.

Diese neuen Gewohnheiten und die veränderte Einstellung zum Essen werden mit laufender Übung selbstverständlich werden. Den Erfolg kann man ja täglich auf der Waage erleben. Niemand muß also unbedingt hungern oder nach einer bestimmten Diät ständig essen. Allein schon das Einhalten der oben genannten Schritte erleichtert es, das Gewicht zu halten. Man wird gesünder leben, sich körperlich besser fühlen und zufriedener und ausgeglichener sein.

Wenn also die Traumfigur etwas länger auf sich warten läßt, braucht niemand zu verzweifeln. Was nutzt sie einem schon, wenn man sie nur dem Krankenbett zeigen darf?

Aber nicht nur auf diese Weise können wir unseren Körper zerstören, wenn in unserer so hektischen und schnellebig gewordenen Welt überhaupt noch an die Gesundheit zu denken ist. Wer heute etwas leisten will oder nach Höherem strebt, hetzt von einem Termin zum anderen. Arbeit mit hohem Leistungs- und Zeitdruck, Rivalitäts- und Konkurrenzkampf, Karrierezwänge, aber auch Belastungen wie Ratenzahlungen, Schulden, Arbeitsplatzsorgen, ruhestörender Lärm, das alles läßt Streß in uns keimen, und die Gesundheit wird empfindlich angegriffen.

Warum aber warten viele Menschen erst ihren ersten Herzinfarkt ab, bevor sie kürzer treten? Es gibt sicher genügend Alternativen. Doch wird ein Top-Manager seinen gutbezahlten Job einem anderen Kollegen überlassen nur seiner Gesundheit zuliebe? Wird ein Angestellter, der sich in jahrelanger Arbeit zum Prokuristen in seiner Firma hochgearbeitet hat, seinen Platz einem Jüngeren freimachen, nur weil ihm der Arzt Schonung verordnet hat? Ganz bestimmt nicht. Wofür hatte man schließlich die ganze Zeit über die Maßen gearbeitet.

Und trotzdem! Sollte die Gesundheit nicht wichtiger sein als alles andere? Sie müssen nicht gleich in jeder Hinsicht zum Abstinenzler werden. Ein Glas Wein, nach vollendeter Arbeit ein Bierchen oder auch der Sherry zum Kaffee bringen keinen Menschen um. Ein Gläschen Sekt kann sogar sehr gut für den Kreislauf sein. Doch alles hat seine Grenzen.

Der stärkste Kettenraucher ist meist derjenige, der bereits schon im Streß steht. Ein Mensch kann zum Alkoholiker werden, wenn er übermäßig Belastungen ausgesetzt ist. Das soll soviel bedeuten, daß viele Menschen gar keine Zeit haben, um an ihre Gesundheit zu denken, oder meinen, alles andere wäre wichtiger als ihre Gesundheit.

Derjenige, der erst im Krankenhaus Zeit für seine Gesundheit findet, hat am Leben vorbeigelebt.

Ich fordere meine Kräfte – und meide Überforderung

»Wer ist der Stärkste?«, so wirbt auf der Kirmes seit eh und je der bekannte »Hau-den-Lukas«. Natürlich muß jeder der anwesenden Herren seiner Angebeteten beweisen, daß gerade er die meiste Kraft aufzuweisen hat. Und nicht zuletzt will sich jeder selbst etwas beweisen.

Wer hat den Traum vom eigenen Häuschen im Grünen noch nicht geträumt? Um ihn zu verwirklichen, muß jahrelange harte Arbeit auf sich genommen werden, in der die Gesundheit viel zu kurz kommt. Ist das das Ziel, das wir alle anstreben? Wenn es erreicht ist, kann man mit Stolz feststellen: Ich habe es geschafft; tatsächlich geschafft ist man selbst.

Aber kommen wir heute im Leben noch an Überforderung vorbei, wenn wir etwas erreichen wollen? Der ständige Konkurrenzkampf fordert dazu heraus, fast Übermenschliches zu leisten. Wer sich erst einmal in der Tretmühle befindet, kann nur schwerlich aussteigen.

»Mein Gott, Albert, laß das doch Werner machen«, meinte seine Frau. »Die schweren Kisten kannst du nicht mehr tragen.« Werner hatte das Gemüsegeschäft seines Vaters im vorigen Jahr übernommen, doch der alte Herr fuhr wie eh und je jeden Morgen mit seinem Sohn zum Großmarkt und meinte, ohne seine Hilfe würde Werner die Arbeit nicht schaffen. Seine Frau sah das gar nicht gern. Wie oft hatte ihm der Arzt geraten, mit der Schlepperei aufzuhören. »Ich will noch nicht zum alten Eisen gehören«, antwortete er ihr jedesmal. Doch sie wußte nur zu gut, daß er Schwerstarbeit verrichtete.

Viele Menschen stecken sich zu hohe Ziele. Sportler wollen die bestehende Weltbestzeit in ihrer Disziplin übertreffen. Viele muten sich dabei zu viel zu. Natürlich steht den Leistungsportlern ständig ein Arzt zur Seite, aber lohnt sich diese ungeheure Verausgabung, der man vor einem Wettkampf ausgesetzt ist? Selbst wenn er sich in Höchstform befindet, kommt doch unmittelbar vor dem großen Auftritt der Nervenkitzel und die Ungewißheit dazu, ob der Gegner nicht doch schneller sein wird als man selbst. Zuviel hängt bei einem Leistungssportler von einem Sieg ab.

Der Unternehmer, der Sportler, können für Ersatz sorgen, wenn ihre Kräfte nachlassen. Doch wie steht es mit einer Mutter und einer Hausfrau, die nebenbei noch einen Beruf ausübt? Ist sie zu ersetzen?

Marlies hatte nach Büroschluß auf dem Nachhauseweg noch rasch etwas eingekauft. Vollbepackt betritt sie die Wohnung. Bernd, ihr Mann, wartet bereits aufs Essen. Im Wohnzimmer sitzen beide Kinder vor dem Fernseher.

Nach Feierabend beginnt für Marlies jeden Tag die »zweite Schicht«. Während sie in der Küche die Mahlzeit zubereitet, kommt eines der Kinder, weil es mit den Hausaufgaben nicht zurechtkommt. Wer denkt an die Gesundheit von Müttern und Hausfrauen, die sich für die Familie aufopfern? Für sie gibt es so leicht keinen Ersatz. Sie leisten Schwerstarbeit. Dabei ist es so selbstverständlich, daß sie morgens die erste ist, die aufsteht, und abends die letzte, die ins Bett geht. Wer denkt schon daran, daß sie ihre Kräfte überfordert.

Bei allem Fleiß, bei allem Ehrgeiz, sollte man stets auch an die eigene Gesundheit denken und daß man sie nicht überfordern darf. Denn nur wer gesund lebt, kann sich am Leben erfreuen.

Ich lebe von innen – und habe Kraft nach außen

Wenn meine Seele gesund ist, ist es mein Körper auch. Ein Leben in Harmonie und Liebe kann wahre Wunder bewirken und die Schattenseiten des Seins umwandeln in Freude, Harmonie und Liebe.

In voller Fahrt rast der Krankenwagen auf die Klinik zu. Ein neuer Unfall? Nein. Ein Mann wird mit einem Magendurchbruch, die Folge eines Magengeschwürs, eingeliefert. Welche Ursache hatte die Krankheit? Seine Ehe wurde geschieden. Diese Tatsache belastete ihn sehr. Hinzu kam, daß seine Kinder seiner Frau zugesprochen wurden. Sie zog in eine entfernt liegende Stadt, und er konnte seine Kinder nur noch selten sehen. Darunter litt er so stark, daß er nicht nur seelisch, sondern auch körperlich krank wurde.

Die Medizin ist dann machtlos. Sie erkennt die Krankheit am Symptom, dem Erscheinungsbild, das der Körper offenbart. Die meisten Krankheiten sind die Folge fehlgeleiteter psychischer Energien, die sich verselbständigt haben.

Es ist sicherlich nicht möglich, nicht irgendwann einmal krank zu werden. Gerade deshalb muß ich mich von denjenigen fernhalten, die unentwegt von ihrer eigenen Krankheit sprechen, damit ich mich durch positives Denken von den negativen Prägungen meines Unterbewußtseins freimachen kann. Wenn ich mich meiner Gesundheit widme, spüre ich, welche Hürden ich überspringen muß und welche Umwege nötig sind, um meiner Sehnsucht nach Glück und Vollkommenheit näherzukommen.

Sicher ist es Ihnen auch schon ergangen, daß Sie morgens aufwachen, und der Gedanke überkommt Sie sogleich, daß Sie ja gerade heute etwas sehr Unangenehmes erledigen müssen. Am liebsten möchten wir dann gar nicht erst aufstehen und die Bettdecke bis über die Ohren ziehen. Oft ist dann die Folge, daß man sich so in die Sache hineinsteigert, daß einem der Kopf schmerzt, bei manchen dreht sich der Magen um oder die Glieder zittern. Wie wäre es, wenn Sie sich trotzdem zu einem reichlichen Frühstück durchringen würden. Mit vollem Magen läßt sich vieles leichter ertragen. Danach überlegen Sie, was Sie tun, wenn Sie die Angelegenheit hinter sich gebracht haben. Gönnen Sie sich etwas Gutes. Leisten Sie sich ein neues Kleid oder irgend etwas, an dem Sie Freude haben werden. Dieses Ziel müssen Sie vor Augen haben, dann wird das Negative fast zur Nebensache.

Wenn mein Kind plötzlich morgens mit Halsschmerzen am Frühstückstisch sitzt, weil eine Arbeit in der Schule geschrieben werden soll, treibe ich es nicht mit Gewalt in die Schule, sondern versuche, Harmonie und Liebe zu verbreiten und diese in meinem Kind wachsen zu lassen. Damit fördere ich das Selbstvertrauen und die Aufnahmefähigkeit.

Diese wiederum geben meinem Kind innere Ruhe und Kraft, die bevorstehende Klassenarbeit leichter zu bewältigen.

Nur wer innere Ruhe und Ausgeglichenheit besitzt, kann seine Probleme bewältigen. Ich darf mich nicht von ihnen erdrücken lassen. Dazu ist es wichtig, daß ich mich frage: Welche Lebensumstände sind wichtig, welche nicht? Wie kann ich einige von ihnen verändern ohne einen so großen Energieaufwand, der mich überfordert? Ich setze meine Energien so ein, daß die wichtigsten Probleme gelöst werden und die anderen durch Neueinstellung gegenstandslos werden. Dies ist eine wichtige Voraussetzung zur Erlangung meines Glücks und des Erfolges zugleich.

Die Bedingungen, unter denen wir leben, haben wir uns oft selbst erschaffen. Fühlen wir uns krank, nehmen wir Medikamente, um uns zu beruhigen, uns aufzuputschen und uns zu heilen. Aber durch diese Mittel werden wir nur noch kränker. Besser ist, ich bewege mich viel an der frischen Luft, genieße das Leben ohne Drogen, treibe Sport, freue mich an der Köstlichkeit, die im Einfachen liegt. Das wiederum stärkt mein Gesundheits- und Selbstvertrauen. Jeder von uns ist von Natur aus positiv eingestellt. Wir dürfen uns von negativen Gedanken nicht leiten lassen, sonst ist unsere innere Ruhe gefährdet, die wir benötigen, um zu Kräften zu gelangen.

Ich glaube an das Leben

Ich begrüße jeden Tag – und erwarte das Beste

»Aufstehen, Inge, der Kaffee steht bereits auf dem Tisch.« Mit diesen Worten tritt Manfred ins Schlafzimmer und zieht die Vorhänge zur Seite. »Welch ein herrlicher Sonntag«, stellt Inge fest, als ihr die Sonne ins Gesicht scheint. »Du hast Recht, heute ist es viel zu schön, um den Tag im Bett zu vertrödeln.«

Während sie sich noch einmal in das Kissen zurücklehnt, muß sie unwillkürlich daran denken, daß es nicht immer so schöne Stunden in ihrem Leben gegeben hatte.

Ihre Ehe mit Klaus, ihrem geschiedenen Mann, kann Inge im nachhinein als eine »Pleite« bezeichnen. Dennoch nahm die Scheidung sie sehr mit. Auch die sechsjährige Katrin litt unsagbar, als Inge plötzlich allein und hilflos mit ihr dastand. Jahrelang war Inge aus dem Berufsleben ausgeschieden. Sie glaubte nicht, daß ihr das Glück noch einmal begegnen würde.

In dieser Situation gibt es nur eins: Man muß der Tatsache ins Auge blicken, daß die Ehe am Ende angelangt ist. Genau das tat Inge. Sie war jetzt allein mit ihrer Tochter und mußte für sie sorgen. Aber gerade diese Tatsache gab ihr

Mut, die Zukunft zu planen. Durch die Konfrontation mit der Freiheit gewann sie wieder an Selbstvertrauen. Das half ihr, auf eigenen Füßen zu stehen.

Mit Manfred lebt sie heute, drei Jahre nach der Trennung, zusammen. Heiraten will sie vorerst nicht mehr. Heute ist Inge eine glückliche Frau. Auch Katrin versteht sich mit ihrem neuen »Vater« prächtig. Trotzdem nimmt Inge dieses wiedergewonnene Glück nicht als Selbstverständlichkeit hin. Heute weiß sie: Indem sie sich für die Scheidung entschied, entschied sie sich für die Liebe und kann nun wieder an das Leben glauben.

Wie vielen Menschen ist es schon so ergangen, daß sie den Glauben an das Leben verloren haben? Denken wir nur einmal an diejenigen, die ihren Mann oder Sohn im Krieg oder einen anderen geliebten Menschen durch den Tod verloren haben.

Wer schon oft auf der Schattenseite des Lebens gestanden hat und deshalb meint, von ihm betrogen zu sein, wird es schwer haben, andere zu lieben und hoffnungsvoll in die Zukunft zu sehen.

Trotzdem: Glauben heißt positiv denken. Wer das Beste voraussetzen kann, wird Gutes erwarten können. Glauben fördert in uns die kreative Kraft und wird sich häufig in gute Taten umsetzen und in positiven Erfahrungen bestätigen. Dazu ist es aber notwendig, das Positive zu bejahen und stets das Beste zu suchen und zu unterstützen.

Schon morgens, wenn ich aufwache, überlege ich, worüber ich mich freuen kann. Begegnen Sie auf der Straße, an der Arbeitsstelle oder während Ihres täglichen Einkaufs den anderen Menschen eine Spur freundlicher als sonst. Sie werden bestimmt angenehm überrascht sein. Auch einem Fremden auf der Straße könnte einmal ein freundliches »Guten Morgen« entgegengerufen werden. Es kommt immer ein wenig auf uns selber an, wie uns andere Menschen begegnen.

Vielleicht legen Sie gerade heute ein Blumenbeet an, das Ihnen Freude bereitet. Vielleicht bekommen Sie nach langer Zeit einen Brief von einem Freund, von dem Sie lange nichts gehört haben. Das Leben hält unendlich viele Überraschungen für uns bereit. Es lohnt sich, jeden Tag neu zu begrüßen und in sich selbst Hoffnung zu erwecken.

Wer jeden Tag beginnt, als ob er der erste wäre und zugleich der letzte sein könnte, wird ihn als Geschenk hinnehmen, das ständig an Wert gewinnt. Wir müssen uns nicht damit abfinden zu glauben, daß alles schlechter wird und die Welt morgen keine Chancen mehr für uns bereithält. Jeden Tag das Beste zu suchen, ist lebenswichtig.

Suchen Sie alles Erfreuliche, Lebendige, Beglückende, und seien Sie stets bereit, Ihr Herz für all diese Dinge zu öffnen. Genießen Sie den Sonnenschein, frische Luft, Grün, die Liebe und alles, wonach Ihr Herz sich sehnt. So können Sie jeden Tag genußvoll erleben.

Ich genieße das Gute – und überwinde das Böse

Die Zeiten, in denen Männer und vor allen Dingen Frauen mit vierzig oder sogar schon mit dreißig Jahren zum »alten Eisen« gehörten, sind Gott sei Dank vorbei.

Streß gibt es reichlich für die heutige Menschheit, – viel mehr als früher. Trotzdem, die Schwerstarbeit, die unsere Großmütter verrichten mußten, ist vorbei.

Das lästige Wäschewaschen nimmt uns heute die moderne Waschmaschine ab. Selbst wer einmal keine große Lust zum Kochen aufbringt, braucht auf eine Mahlzeit nicht zu verzichten. Genug vorgekochte Gerichte, die man nur zu erwärmen braucht, bietet ja die Tiefkühltruhe. Und selbst das Geschirr wird durch Knopfdruck fast wie von Geisterhand erledigt.

Darum: Heute braucht keine Frau dem Haushalt ihre gesamte Kraft zu widmen und gewinnt dadurch Zeit, an Dinge zu denken, die ihr Freude bereiten.

Es gibt Menschen, die mit zwanzig Jahren bereits so unflexibel sind, daß sie alt wirken, und es gibt Fünfzig-, ja sogar Sechzigjährige, die ihr Leben noch in vollen Zügen genießen. Diese Tatsache trifft auf Frauen und Männer gleichermaßen zu.

Gerda schaut ihrer Tochter nicht ohne Stolz zu, als diese mit ihrem Tanzstundenpartner über das Parkett tanzt. Aus ihrer sechzehnjährigen Tochter ist in letzter Zeit ein hübscher Teenager geworden. Gern denkt sie auch an ihre Jugend zurück. Gerda verspürt keineswegs Neid, wenn sie sich auch eingestehen muß, daß sie schon lange nicht mehr zur jüngeren Generation gehört. Wenn sie heute eine Bilanz ihrer zwanzigjährigen Ehe mit Alfred zieht, erinnert sie sich auch an unangenehme Erfahrungen. Doch die gehören zu jeder Ehe. Im Grunde genommen ist Gerda heute glücklicher denn je. Das Leben bietet nicht nur jungen Leuten Abwechslung, in jedem Alter gibt es etwas Gutes und Positives zu erleben. Wer sich daran freuen kann, wird das Negative besser überstehen können.

Viele junge Menschen sind der Ansicht, das Leben würde viel zu große Forderungen an sie stellen, die sie nicht bewältigen können. Keine Angst. Sie müssen erst lernen, die Chancen, die ihnen das Leben bietet, wahrzunehmen. Die Anzahl derer, die behaupten, mit dreißig oder gar vierzig Jahren beginnt das Leben erst, wächst ständig. Viele Menschen möchten heute gar nicht mehr zwanzig sein.

Warum auch? Es ist erwiesen, daß die Frau zum Beispiel erst, wenn sie um die dreißig Jahre alt ist, ihre körperliche und geistige Reife erreicht.

Ein erfahrener, älterer Mensch besitzt nicht diese landläufige Schönheit, sondern durch jahrelange Lebenserfahrung Persönlichkeit und Selbstsicherheit, die ein Zwanzigjähriger noch gar nicht besitzen kann. Es ist die Schönheit von innen, die Menschen über dreißig so attraktiv macht: die Gewißheit, sich selbst gefunden zu haben – und sich selbst zu akzeptieren.

Nur wer das Gute genießen kann, ist in der Lage, das Böse zu überwinden. Oftmals muß diese Einstellung in einer Dauer von Jahren erst in uns wachsen und heranreifen. Dann, mit zunehmendem Alter, merken wir, wo's richtig langgeht, nämlich wenn jahrelange partnerschaftliche oder eheliche Erfahrungen hinter uns liegen, in denen auf Negatives und auch Positives zurückgeblickt werden kann. Die Angst, die eigenen Kräfte könnten im Leben einseitig investiert werden und wir würden nichts dafür zurückerhalten, erweist sich in den meisten Fällen als unbegründet. Alles, wofür wir uns aufopfern und einsetzen, wird irgendwann im Leben seinen Ertrag abwerfen.

Wie geht es denjenigen, die sich nicht ihrer Gesundheit erfreuen können, die im Rollstuhl sitzen oder ans Bett gefesselt sind? Auch sie haben, wie alle Menschen, ein bestimmtes Maß an Energie, das sie nicht ungenutzt lassen sollten. Wer viel investiert, kann auch viel erreichen. Für jeden Menschen gibt es Dinge, die ihm wichtig sind. Es lohnt sich, sich dafür zu engagieren. Dann ist die Chance wesentlich größer, positive Wirkungen zu erzielen. Wer von der Voraussetzung ausgeht, das Leben lohnt sich, kann sich an dem Erreichten freuen, es genießen und wird sich bestätigt finden.

Ich bin Optimist – und kann mir Pessimismus leisten

Es wird immer schwieriger, Optimist zu sein. Wo wir auch hinschauen, alles deutet auf schlechte Zeiten hin. Wir sehen morgens in die Zeitung, schon lesen wir eine neue Schreckensmeldung. Wer zusätzlich private oder berufliche Schwierigkeiten hat, kann allzu leicht zum Pessimisten werden. Um nicht in Depressionen zu verfallen, ist es wichtig, gegen sie anzukämpfen und ein Optimist zu werden. Wie bringen wir das fertig? Der Realität muß ins Auge gesehen werden.

Lassen Sie sich von denjenigen anstecken, die die Welt durch eine rosarote Brille betrachten können. Denn: Ist das Leben nicht schon manchmal traurig genug? Durch meine Einstellung schaffe ich mir meine Probleme selbst und so die Bedingungen, unter denen ich leben muß. Jemand, der fröhlich und offen auf die Menschen zugeht, wird Freundlichkeit erwecken. Durch Sympathie und Zuwendung findet er seine Aufgeschlossenheit bestätigt. Ein mürrisches Gesicht hingegen stößt selten auf Sympathie.

Sicher ist mancher von Natur aus oder durch Schicksalsschläge ein Pessimist geworden, der vom Leben nicht mehr viel erwartet. Aber auch solche Menschen können sich im Laufe ihres Lebens zum positiven Denken entscheiden. Nur wer bereit ist, das Positive und die ihm gebotenen Chancen zu sehen, geht einem erfüllten und glücklichen Leben entgegen.

Lassen Sie sich von Liebe und Harmonie beflügeln. Wer sich in seinem Ich-Bereich abkapselt und sich am wohlsten fühlt, wenn er allein und ohne andere Menschen ist, gerät in die Einsamkeit. Er verschließt sich gegen alle Lebenskräfte und wird ein bedauernswerter Pessimist.

Nach einer gescheiterten partnerschaftlichen oder ehelichen Beziehung dauert es oft Jahre, bis das Vertrauen in das andere Geschlecht wieder hergestellt ist. Wir sehen dann nur die Fehler des Vorgängers in dem Menschen, der uns jetzt begegnet ist und machen uns dadurch eine Beziehung nach der anderen selbst kaputt. Menschen haben es sehr schwer, den einmal Betrogenen von seinen guten Absichten zu überzeugen.

Hin und wieder eine Liebesbeziehung, dagegen hatte sie nichts einzuwenden, aber mehr auch nicht, hatte sie sich geschworen. Eine bittere Pille hatte sie schlucken müssen, als Ingo sie nach dreijähriger Ehe auf Probe ausgerechnet kurz vor der Hochzeit sitzenließ. Das sollte ihr nie wieder passieren.

Immer wieder werden diese Erfahrungen gemacht. Nicht nur bei Frauen. Da ist ein Mann, der zwei kleine Kinder zu versorgen hat, weil seine Frau ganz plötzlich auf Nimmerwiedersehen mit einem anderen Mann verschwand. Der ganze Unmut, ja sogar Haß richtet sich jetzt gegen das andere Geschlecht.

Hier gilt nur eins: Lassen Sie die Vergangenheit ruhen. Sie leben heute und sollten den Menschen und den Dingen aufgeschlossen begegnen. Lassen Sie sich durch Passivität nicht zur Verzweiflung bringen.

Nur durch eine gesunde Portion Optimismus ist es zu schaffen, mit größeren und kleineren Schwierigkeiten fertig zu werden. Das gelingt, indem Sie lernen, die Mitmenschen und das Leben und vor allen Dingen sich selbst zu lieben und zu bejahen.

Wer von lieben Angehörigen und Freunden getrennt worden ist, darf trotzdem nicht aufhören, neue Freunde zu suchen. Wer so leben kann, wird hin und wieder auch einmal Pessimismus überstehen können.

Ich lasse mich vom Guten tragen – und es wird mich nicht verlassen

Stimmt! Was wir auch stets in unseren psychischen Tiefenschichten für immer einspeichern, seien es Verhaltensweisen, Lebensauffassungen, Gemütsprägungen – die Entscheidung darüber haben allein wir selbst.

Eine Schülerin, die sich aus ihrer Klassengemeinschaft und ihrem Freundeskreis ausgeschlossen fühlt, erlebt Zurücksetzung und Vereinsamung. Sie weiß, daß sie alle für egoistisch und prüde halten, nur weil sie ein stiller Typ ist und sich gegen die Nachstellungen einiger Klassenkameraden gewehrt hatte. Ich bin so enttäuscht, weil ich von allen verkannt werde. Mir fällt es schwer, mit den anderen auszukommen.

Wem es so ergeht, der sollte versuchen, sich kritisch zu betrachten und die eigene Gefühlseinstellung zu allen Lebewesen und Dingen einmal objektiv zu überblicken versuchen.

Sind Sie zu kühl anderen Menschen gegenüber? Waren Ihre Hemmungen egoistischer oder sexueller Natur? Versuchen Sie, eine positive Einstellung zu sich selbst, die Liebe zum Leben und ein positives Bild von Ihren Mitmenschen zu suchen.

Unser Leben ist ein ständiger Rhythmus und Energiefluß. Wenn ich mich davon abkapsele, erscheint mir alles unangenehm, was mir begegnet und geschieht. Ich versuche, mir folgende Vorstellungen einzuprägen: Ich bin voller Zufriedenheit und Harmonie. Die riesige Kraft in mir stärkt mich und lenkt fortan meine Gefühle und mein Tun. In mir ist Ausgeglichenheit und Ruhe. Alle Menschen wissen um die Harmonie meines Wesens. Ich selbst erlebe dadurch nur noch harmonische Zuwendung. Alles Gute kommt auf mich zu. Ich werde glücklich. Ich bin stark und frei. Die Quelle meiner Existenz schützt und stärkt mich. Ich liebe meine Mitmenschen und erhalte die gleiche Zuwendung von anderen. Ich bin ein seelischer Magnet, der alles Gute anzieht. Ich bin gesund, durchstrahlt von positiver Lebenskraft, die alles Dunkle, alles Bedrängende aus meinem Körper und meiner Gefühlswelt vertreibt.

Ich höre auf meine innere Stimme, die mir stets zum Besten rät. Alle positiven Wünsche gehen somit in Erfüllung. Die Heilkraft meines Unterbewußtseins durchzieht meinen ganzen Körper. Sie nimmt Gestalt an als Harmonie, Gesundheit, Friede und Freude.

Das Wort »unmöglich« können Sie in Ihrem Wortschatz streichen, wenn Sie sich die vorgenannten Vorstellungen einprägen. Beobachten Sie erfolgreiche Menschen, Typen, denen scheinbar alles leicht gelingt. Sie besitzen dieses Talent, die unbewußten Energien positiv zu lenken.

Geben Sie sich nicht mit Kleinigkeiten zufrieden. Es wäre töricht und dumm, auf die eigene Entwicklung zu verzichten. Das Leben steht jedem offen. Geistige Schranken errichten wir uns selbst.

Es ist ganz einfach, von negativen Quellen unbeeinflußt zu bleiben. Doch wer in seinem Leben etwas ändern will, muß erkennen lernen, daß er selbst und alle anderen Menschen bisher mit Gedankenenergien falsch umgegangen sind. Polen Sie ganz einfach Ihr bisheriges Suggestivgeschehen von negativ auf positiv um. Der bekannte Arzt Hufeland sagte bereits vor hundert Jahren: »Wenn es eingebildete Kranke gibt, dann muß es auch eingebildete Gesunde geben!« Das ist körperlich und geistig zu verstehen.

Ich beginne, mich selbst zu verwirklichen. Mein Wunsch, mich auf die bessere Seite des Lebens zu stellen, muß unumstößlich sein. Ich weiß, daß eine weitreichende

Skala von Gefühlen und Empfindungen in mir revidiert werden muß, damit sie meinem Glück nicht länger im Wege stehen.

Wenn es mir gelungen ist, die negativen Vorstellungen gegen positive auszutauschen, kann ich mich fortan vom Guten tragen lassen und mich in ihnen sicher fühlen. Ich rede mir kein Unglück, keine Krisen und keine Depressionen ein. Ich fühle mich gesund und sage es auch. Der Erfolg wird nicht ausbleiben. Auf diese Weise bin ich tatsächlich gesund, was mein Selbstvertrauen stärkt und zur Gewohnheit wird.

Ich lasse mich von der Hoffnung bestimmen, daß nichts so schlimm sein kann, als daß nicht irgend etwas Gutes darin steckt. Ich suche mir Aufgaben und Menschen, für die ich Gutes tun kann und die mich brauchen. Wenn ich mit dieser Einstellung durchs Leben gehe, werde ich mit negativen Situationen besser fertig werden.

Ich wähle die Liebe

Ich kann allein leben – zu zweit bin ich glücklich

Wie empfinden diejenigen, die gerade ihre Ehe zu Grabe getragen haben? Für den einen mag es Erleichterung bedeuten, endlich wieder frei und ungezwungen zu leben. Er hatte im Grunde genommen nie so recht für eine Ehe getaugt. Ein anderer tut sich schwer, plötzlich in der Wohnung allein zu sein. Niemand ist da, für den gesorgt werden muß. Dann kommen sich gerade Frauen nutzlos vor, wenn sie für niemanden kochen, waschen oder bügeln müssen, die Dinge, die sie in ihrer Ehe ungern erledigt haben.

Wir müssen als Alleinstehende lernen, uns zurechtzufinden. Alles, was einem in der Ehe abgenommen wurde, gilt es jetzt, allein zu bewältigen. Als Mann kann ich mich abends, wenn ich von der Arbeit heimkomme, nicht an den gedeckten Tisch setzen. Gerade diejenigen, die bisher einen geordneten Haushalt gewohnt waren, tun sich schwer mit der Hausarbeit. Ähnlich mag es Frauen ergehen, wenn morgens plötzlich das Auto nicht anspringen will. Trotzdem ist es gut, diese Erfahrungen gemacht zu haben. Wer eine Weile allein gelebt hat, kann seinem Partner hinterher für manche Dinge mehr Verständnis entgegenbringen. Er versteht es, wenn seine berufstätige Ehefrau nach erledigter Hausarbeit keine Lust mehr verspürt, noch auszugehen. Anders wiederum ist eine Frau dankbar, wenn ihr Ehemann die Waschmaschine repariert hat, ohne daß der Handwerker kommen mußte.

Karin war gerade dabei, ihren neuen Küchenschrank anzudübeln, als es an der Wohnungstür klingelte. Petra, ihre Freundin, staunte nicht schlecht. »Was du so alles machst. Für solche Sachen habe ich Gott sei Dank Harald. Ich habe zwei linke Hände.«

»Ja, wenn man allein lebt, lernt man eben solche Dinge selbst zu tun. Oder soll ich wegen jedem tropfenden Wasserhahn oder jedem Nagel, der in die Wand geschlagen werden soll, Hilfe holen?« Karin gehört zu den Menschen, die meinen, viel besser allein zurechtzukommen, weil sie selbst für sich sorgen können. Ist es nicht schön, am Wochenende so lange ausschlafen zu können, wie man möchte? Ich brauche nicht aufzustehen, um jemandem das Frühstück zuzubereiten. Habe ich einmal gerade keine Lust zum Kochen, dann lasse ich es. Komme ich von der Arbeit, muß ich nicht mit Schrecken daran denken, zu Hause weiterzuarbeiten, nämlich als Hausfrau, meinem zweiten Beruf. Ich selbst kann bestimmen, wann und welcher Besuch eingeladen wird. Kein Mensch kann dumm schauen oder mich dazu zwingen, die Wohnung aufzuräumen, wenn mir nicht danach ist.

Außerdem muß ich niemandem Rechenschaft ablegen, wieviel Geld ich für welche Dinge ausgebe. Und selbst wenn mir mitten in der Nacht nach einem ausgedehnten Bad oder Musikhören zumute ist, tue ich es, ohne daß ich jemanden störe. Meine Diät kann ich besser durchhalten, denn nur ich bestimme, was in meinen Kühlschrank gelangt.

Ist es nicht herrlich, all diese Dinge entweder nicht tun müssen oder tun zu können?

Trotzdem. Auch wenn alle technischen Dinge vorhanden sind, die einen Handwerker ersetzen oder den Mann zur perfekten Hausfrau machen, all das kann einen Partner nicht ersetzen.

Wie deprimierend muß es sein, gerade noch in lustiger Gesellschaft gewesen zu sein und dann zu Hause eine leere Wohnung zu betreten. Natürlich könnte ich hier Abhilfe schaffen, indem ich mir im Laufe des Abends jemanden suche, den ich nach der Party kurzerhand mit nach Hause nehme. Das aber ist auf die Dauer bestimmt nicht die beste Lösung.

Viele Menschen irren, wenn sie meinen, das wahre Glück bestünde darin, von einer Party zur anderen zu hetzen, um mit möglichst zahlreichen Eroberungen und Abenteuern protzen zu können und überall im Mittelpunkt stehen zu müssen. Bedeutet es nicht viel mehr, sein Glück in der partnerschaftlichen oder ehelichen Gemeinschaft zu suchen? Ein einzelner Mensch, der liebt, verlangt nach der Gemeinschaft als einen sichtbaren Beweis seiner Liebe. Sie erst öffnet den Weg zu einer Gemeinschaft von Menschen, die sich um ihrer selbst finden wollen und nicht nach vordergründigen Zwecken, in der Ausführung ihrer Rollen und Funktionen zusammenfinden.

Für viele mag es die Erfüllung sein, sich in allen Lebenslagen zu helfen zu wissen. Sie sind dann stolz darauf, ohne Hilfe anderer leben zu können. Doch wie steht es mit den Problemen, die zu zweit besser bewältigt werden können. Wie oft sehnen wir uns im Leben danach, einen lieben Menschen an unserer Seite zu haben.

Das Glück zu zweit kann vieles vergessen lassen: das Leiden an der Unvollkommenheit der eigenen Person, enttäuschende Erlebnisse mit anderen Menschen, der tägliche Trott, der uns Aufgaben auferlegt und sie leichter lösen läßt.

Die Liebe, die zwei Menschen verbindet, kann all diese Einflüsse mildern.

Wenn auch viele – vor allem junge Menschen – gern frei von allen Vorschriften und Verpflichtungen sein möchten, sind sie es doch nicht. Im Gegenteil. Je unüberlegter sie sich loslösen wollen, sei es vom Elternhaus oder vom anderen Geschlecht nach einer enttäuschten Partnerschaft oder Ehe, um so mehr verstricken sie sich oft in ein Netz neuer Abhängigkeiten. Der Mensch ist nicht frei von Verpflichtungen. Diese Erkenntnis muß irgendwann jeder einmal haben. Wir irren, wenn wir glauben, durch neue Lebensformen oder neue Lebensumstände uns ihnen entziehen zu können.

Es ist gut, wenn ich allein leben kann, doch richtig glücklich kann ich erst zu zweit sein.

Ich kann schwach sein – und erfahre Stärke

Zufrieden sitzt Alfred in seinem Rollstuhl auf der Terrasse seines Hauses. Vom nahe gelegenen Wald tönt das Geschrei der spielenden Kinder herüber. Welch ein herrlicher Herbsttag, die Sonne läßt die bereits golden gefärbten Blätter der Bäume aufleuchten.

Wie gern ist er durch den Wald gegangen, bis das Schicksal vor drei Jahren hart zuschlug. Bei einem Autounfall kam seine Frau ums Leben, und er selbst ist seitdem an den Rollstuhl gefesselt. Danach war er mit dreiundfünfzig Jahren fest entschlossen, auch seinem Leben ein Ende zu bereiten.

Was besaß er noch? Einen Freundeskreis, in dem er sich wohl fühlte, finanzielle Sorgen hatte er auch nicht, doch durch den Verlust seiner geliebten Frau erschien Alfred plötzlich alles herum einsam und leer. Mutlos und voller Verzweiflung verging ein Tag wie jeder andere.

»Es wird frisch, ich bringe dir deine Jacke.« Die Worte von Gertrud rissen Alfred aus seinen Gedanken. Liebevoll legte sie ihm die selbstgestrickte Jacke um seine Schultern. Ja, wenn sie damals nicht als Krankenschwester in sein Haus gekommen wäre...? Alfred wußte nicht, wie es ihm ergangen wäre.

Gertrud war bald viel mehr als eine Krankenschwester für Alfred. Sie munterte ihn immer wieder auf, gab ihm neuen Lebensmut, wenn er depressiv war. Sie ist heute zu seiner Lebensgefährtin geworden und ist aus seinem Leben nicht mehr wegzudenken. »Allein war ich hilflos wie ein kleines Kind, ich habe durch sie eine Lebenskraft erfahren, die mich sehr glücklich und zufrieden macht«, gesteht Alfred heute. »Ich habe zum zweiten Male in meinem Leben erfahren, was Glück wirklich bedeutet.«

Glück begegnet uns wie ein Geschenk, doch kommt es nur zu mir, wenn die innere Disposition zum Glücklichsein bereit ist. Ich muß wissen, was mir lieb und wert ist. Wenn nichts für mich gut sein kann, wehrt sich in mir alles, und ich isoliere mich. Wer glaubt, er sei sich selbst genug, weiß nur nicht, was ihm fehlt und verdrängt es im Unterbewußtsein. Wenn ich Liebe erfahre, bin ich mehr, stärker und kann dadurch meine Schwächen abbauen.

Liebe kann unendlich viele Dimensionen haben und so viel bewirken. Da ist ein Ehepaar, das über den Verlust des einzigen Kindes nicht hinwegkommen würde, wenn es die Liebe zueinander nicht hätte, die diesen schmerzlichen Verlust durch die Zweisamkeit mildert.

Ein schwerkranker Mann erhält seinen Lebenswillen damit, daß er für seine Frau, die er liebt und mit der er noch lange zusammenleben möchte, sorgt.

Ein Familienvater, der seit einem halben Jahr ohne Arbeit ist, kann seine Situation leichter ertragen, weil seine Frau ihm immer wieder Mut zuspricht.

Durch Liebe wächst in uns Selbstvertrauen und Selbstsicherheit. Sie läßt uns den alltäglichen Verpflichtungen leichter nachkommen, weil wir die Welt und die Menschen um uns herum in einem anderen, freundlicherem Licht sehen.

Seit Tagen schleicht Karin in der gemeinsamen Wohnung nur so herum. Sie tut sich unendlich schwer, den Haushalt zu versorgen. Seit einigen Tagen glaubt sie, Bernhard, ihr Mann, würde sie mit einer anderen Frau betrügen. Sie hatte die Adresse einer ihr unbekannten Frau aufgeschrieben auf einem Stück Papier in seiner Jackentasche gefunden.

»Wozu soll ich noch für ihn sorgen, wozu seine Hemden bügeln und für ihn das Essen kochen, wenn ich doch seine Liebe an eine andere verloren habe«, gestand sie einer Freundin. Was sie auch begann, es gelang ihr nichts mehr. Karin fühlte sich elend und krank. Als sich dann endlich herausstellte, daß alles ein Mißverständnis war, lebte sie wieder auf. Ihr Leben hatte wieder einen Sinn bekommen.

Ich teile mein Leid – und verdopple meine Freude

Leid verursacht nicht nur Schmerzen, die von einer bestimmten Krankheit herrühren. Ich kann auch leiden unter seelischer Last, wie zum Beispiel einer unglücklichen Ehe, in der es nichts mehr gibt außer Mißtrauen, Kränkungen und gegenseitige Beschuldigungen. Wenn beide Eheleute nur der Kinder wegen ihre Ehe noch aufrechterhalten, die eigentlich die Hölle ist, sind diese Leiden oft schlimmer, als wenn man allein mit seinen Sorgen dasteht.

Aber Leid kann noch andere Ursachen haben. Wie bedrückend ist eine ungeliebte Arbeit, wenn der Chef ein Tyrann ist und die Kollegen einem nicht wohlgesinnt sind. Der tägliche Gang zur Arbeitsstätte wird zu einem Alptraum. Schon auf dem Weg dorthin begleiten uns Magenschmerzen. Die Folge: Seelische und körperliche Krankheiten wie Magengeschwüre stellen sich ein.

Viele Menschen, die ohnehin schon sehr sensibel sind, bringen dann nicht die Kraft auf, ihre Situation zu ändern, um ihr Leid zu beenden.

Ich muß nicht unbedingt ein guter Beobachter sein, um das Leid um mich herum zu bemerken. Denken wir nur einmal an die Kriegsschauplätze, Katastrophen, die hervorgerufen werden durch Erdbeben und Überschwemmungen. Alle diese Zustände hinterlassen Tausende von Leidenden. Wie können alle die Betroffenen mit ihrer Pein fertig werden, ihre Qualen ertragen und damit weiterleben?

Wie gering stellt sich dagegen das Leid dar, das ein Mensch empfindet, wenn er von einem geliebten Menschen verlassen wird? Mit Wut und Enttäuschung reagiert er und leidet unsagbar. Rücksichtslose Beschimpfungen und Rache sind die Folgen.

Viele Menschen reagieren schon auf das Wetter leidend. So grau und verhangen der Himmel ist, so ist auch ihre Stimmung und äußert sich in körperlichen Gebrechen.

Leid hat unterschiedliche Gesichter. Eltern leiden, wenn ihre Kinder erwachsen werden und das Elternhaus verlassen. Ein Student leidet, wenn er die Prüfung nicht bestanden hat. Ein Vater leidet, wenn er seine Arbeitsstelle verloren hat und seine Familie nicht mehr in dem gewohnten Lebensstil versorgen kann.

Wie kann einem Menschen in seinem Leid geholfen werden? Seine Sorgen können wir ihm nicht abnehmen. Wie aber heißt es im Sprichwort: »Geteiltes Leid ist halbes Leid«. Liebe und Leid liegen dicht beieinander. Das erfahre ich, wenn ich jemanden an meiner Seite weiß, mit dem ich meine Sorgen und Probleme teilen kann.

Darum darf es Liebe nicht nur in guten Zeiten geben. Wahre Liebe offenbart sich gerade in schlechten Zeiten, denn dann brauchen wir sie am meisten. Nicht das Selbstmitleid, sondern das Mitleiden, das wir von anderen erfahren, verhilft zur Besserung unserer Situation.

Die Mutter einer fünfköpfigen Familie ist verunglückt und liegt im Krankenhaus. Der Vater muß arbeiten, die kleinen Kinder bleiben zurück. Die Mutter leidet nicht so sehr unter ihren Schmerzen, vielmehr belastet sie die Sorge um die Familie. Das Leid dieser Familie lindert eine hilfreiche Nachbarin, indem sie die Kinder versorgt und ihnen vorübergehend die Wärme schenkt, die sie benötigen. Auf diese Weise können wir Leid mittragen, weil es zum Leben dazugehört.

Ein Mann hat – kurz nachdem seine Frau ihn verlassen hatte – erfahren, daß er nur noch eine kurze Weile zu leben hat. Er ist unheilbar krank. Ohne lange zu überlegen kehrt seine Frau zu ihm zurück, weil sie spürt, daß er sie jetzt braucht. Sie will ihm die letzte Zeit seines Lebens so angenehm wie möglich gestalten.

Die Liebe, die sie ihm schenkt, läßt ihn sein Schicksal leichter ertragen. Beide kommen sich viel näher, als sie es in den ganzen Jahren ihrer Ehe waren.

Wer tief und innig liebt, leidet mehr. Er ist gekränkt, wenn seine Liebe nicht in dem Maße erwidert wird, wie er es möchte. Die kleinste Beleidigung nimmt er sich zu Herzen. Der Liebende sorgt sich, wenn der Partner nicht zur gewohnten Zeit nach Hause kommt. Gedanken, wie: Hoffentlich ist nichts passiert oder vielleicht ist eine andere Person im Spiel. Das ist eine besitzergreifende Liebe, die erdrückt und einen peinigt. Von übertriebenen Ängsten müssen wir uns freimachen und nach positiven Gedanken suchen. Sie setzen Vertrauen voraus in die Zuverlässigkeit des anderen, aber auch Selbstvertrauen. Wer sich selbst traut, kann auch seinen Mitmenschen trauen.

Wie groß wahre Liebe sein kann, erfährt derjenige, der sie durch Leid genossen hat. Sie kann wie eine heilende Kraft sein, beschützend auf uns einwirken und unsere Freude verdoppeln. Wahre Liebe läßt kein Leid zu.

Ich überschreite mein Ich – und gewinne ein Du

Sind es nicht unsere geheimsten Wünsche, das eigene Ich zu pflegen und in den Mittelpunkt zu stellen? Wie herrlich ist es, seine Wünsche zu erfüllen, die eigenen Bedürfnisse kultivieren zu können, seine Selbstverwirklichung anzustreben und das eigene Vertrauen ganz auf sich selbst zu setzen?

Zugegeben: Wer nur auf andere Menschen Rücksicht nimmt, wird oft und zu schnell ausgenutzt. Wer sich stets auf sich selbst verläßt, wird nicht von anderen verlassen. Außerdem kann er niemand anderem auf die Nerven gehen, wenn er sich mit sich selbst beschäftigt, tut und läßt, was ihm gefällt.

Hier erhebt sich zugleich die Frage: Grenzt das nicht an Egoismus? Ich-Stärke ist notwendig, denn es steht für meine Überzeugungskraft. Wenn ich die Wahrheit sagen will, muß ich ein gewisses Ego besitzen. Außerdem kann ich mich beruflich und privat besser behaupten. Dies alles mag seinen Sinn haben, doch für die zwischenmenschliche Beziehung ist ausschließlich egoistisches Denken falsch. Dort muß das Wir im Mittelpunkt stehen und nicht das Ich. Denn der Mensch braucht die Gemeinschaft, um zu überleben. Sie ist die Grundlage des menschlichen Lebens.

Thomas wurde für einen überzeugten Junggeselle gehalten, dennoch traf es ihn eines Tages wie ein Blitz aus heiterem Himmel, als er Sabine kennenlernte. Sie schien das an sich zu haben, wovon Männer träumen, denn Thomas konnte sich ein Leben ohne sie nicht mehr vorstellen. Doch schon kurz nach der Hochzeit meinte Thomas, sein Junggesellenleben fortführen zu müssen. Sich von einer Frau Vorschriften machen zu lassen, das kam für ihn nicht in Frage. So fuhr er am Wochenende lieber zum Segeln mit Freunden, als es daheim bei Sabine zu verbringen. Auf seine regelmäßigen Kegel-, Skat- und Spielabende wollte er nicht verzichten. Das gehörte zu seiner Selbstverwirklichung, wie er es ausdrückte.

Selbstverwirklichung ist in den letzten Jahren zu einem Modewort geworden. Eine selbstbewußte Ich-Generation spricht im Ich-Stil und vom Selbst. Damit sind Begriffe wie Selbstbestätigung, Selbstbestimmung und Selbsterfüllung gemeint. Wer sehr stark auf die eigenen Wünsche fixiert ist, kann schwerlich gute Beziehungen zu anderen Menschen anknüpfen. Das Konzentrieren auf ausschließlich die eigenen Bedürfnisse macht uns unzugänglich für andere Dinge, für die Liebe, die doch die wirkliche Lebenserfüllung bedeutet. Dieses Streben führt letzten Endes in die Isolation, die Einsamkeit und die Depression.

Wer wirklich liebt, denkt nicht an die eigene Liebe, sondern an den geliebten Menschen. Der bekannte Psychiater Viktor E. Frankel drückt es so aus: »Wer Lust anstrebt, dem vergeht sie; wer Glück anstrebt, dem entzieht es sich; wer Selbstverwirklichung anstrebt, der verfehlt sie.«

Ich kann nicht nur für mich allein existieren und mein Leben für mich bewahren, dann werde ich es verlieren. Egoistische Selbstbeschäftigung verdirbt das Leben. Ich kann nur für andere und durch andere leben. Gerade in einer zwischenmenschlichen Beziehung muß im Partner das Gefühl bestehen, daß kreatives Leben nicht ohne Verzichtleistung möglich ist.

Es ist oft nicht leicht, über den eigenen Schatten zu springen. Aber wieviel mehr können wir für diesen Schritt empfangen? Aus der Gemeinschaft der Jahre wachsen Geben und Nehmen, Sichachten und Zueinanderhalten, Zusammenarbeit, gegenwärtige Fürsorge und Unterstützung.

Wer wirklich und aufrichtig liebt, ist geduldig, nicht berechnend, denkt an nichts Böses. Liebe verträgt alles, hofft und glaubt. Wer liebt, möchte selbst Liebe erfahren, dafür wird ihm kein Opfer zu groß sein.

Wird den Eltern für alles Gegebene dankbare Liebe geschenkt? Das fröhliche Lachen der Kinder, die in der Geborgenheit einer Liebe aufwachsen, ist Lohn genug, stärkt die Liebe und macht bereit, auch Rückschläge und Schwierigkeiten zu verkraften.

Wenn wir manchmal denken: Wie kann diese Frau das Leben bei dem Mann nur aushalten? (Oder umgekehrt.) Da ist sie wieder, die Kraft der Liebe, die all unsere Möglichkeiten und Grenzen überschreitet, die uns ungeheure Leistungen vollbringen läßt und trotz alles Bösen das Gute im Partner sieht. Die Liebe ist das Wichtigste, sie ist vorhanden, wir müssen sie nur sehen. Dann ist sie die Erfüllung und das Glück. Wer also bereit ist, über seinen eigenen Schatten zu springen, der wird nie Verlierer, sondern stets Gewinner sein.

Ich wirke auf Menschen

Ich bin überzeugt – und überzeuge damit andere

»Ich habe mich in der Volkshochschule für einen Buchführungskurs angemeldet«, erzählt Karin ihrer Freundin Britta. »Wäre das nicht auch etwas für dich? Du wolltest doch schon lange deine Kenntnisse in Buchführung aufbessern.« »Das ist richtig«, gab Britta zu, »aber ich schaffe das sowieso nicht. Wie du das alles bewältigst, möchte ich wissen. Ehe, Haushalt, Beruf und nun noch am Abend in die Volkshochschule. Das wäre viel zuviel für mich.«

Karin, fünfundzwanzig Jahre alt, arbeitet in der Verwaltung eines mittleren Betriebes. Die Stelle der Buchhaltung wird demnächst frei. Sie hatte sich kurzerhand entschlossen, ihre in der Berufsschule erworbenen Buchführungskenntnisse in einem Kursus aufzufrischen, damit sie sich für die Stelle bewerben konnte.

Karin wirkt auf ihre Mitmenschen mit ihrem fröhlichen Temperament erfrischend. Sie weiß, was sie will und was sie sich zutrauen kann. Wer eine solche Einstellung zum Leben hat, dem wird das, was er beginnt, gelingen. Wer von sich und seinen Fähigkeiten überzeugt ist, kann auch ein ausgeprägtes Selbstwertgefühl entwickeln. So kann ich mich den

Anforderungen stellen, habe sogar Freude an der Lösung der Aufgaben und Erfolge bei der Kontrolle. Es macht mich begierig auf neue Aufgaben, die eigene Leistungsfähigkeit herausfordern. Ich erledige meine Aufgaben und fühle mich frei für andere. Ich bin sicher, auf künftige Schwierigkeiten gut vorbereitet zu sein, um sie erfolgreich zu bewältigen. Ich bin dem Leben gewachsen und fühle mich ausgeglichen, frei und sicher. Mit meinem Überschuß an Energie bin ich bereit, auch in meinen Mitmenschen versteckte Talente zu wecken.

»Ich schaffe das Abitur sowieso nicht«, versichert Marlies deprimiert ihrer Freundin Anne, die mit Eifer an ihren Hausaufgaben sitzt. »Mit wieviel Elan und Schwung Anne ihre Arbeit verrichtet«, denkt Marlies. »Ich weiß genau, daß du es packen wirst. Du mußt nur wollen. Raff dich auf. Jetzt sofort! Dein ganzes Leben liegt vor dir, willst du es vertrödeln, nur weil dir der nötige Schwung fehlt. Trau dir endlich einmal etwas zu.« Das saß. Mit diesen Worten hatte Anne ihre schwermütige Freundin aufgemuntert und ihr Selbstvertrauen geweckt. Es reizte Marlies, nun auch mit soviel Zuversicht an ihre Arbeit zu gehen. Was Anne kann, dachte sie, werde ich auch schaffen. Dieser Elan, diese Überzeugungskraft, die sie an Anne schon immer bewundert hatte, wirkten sich nun positiv auf Marlies aus. Von nun an schätzte sie ihre Fähigkeiten ganz anders ein.

Als sich die ersten Erfolge zeigten, schien sie ein ganz anderer Mensch zu sein. Wer begeistert handelt, der wird auch begeistert werden und immer neuen Lebensmut schöpfen. Wenn ich den festen Entschluß, den Enthusiasmus, den ich bisher in mein Leben gelegt habe, zu verdoppeln, gefaßt habe, dann wird er auch mein Lebensglück verdoppeln.

Wie soll das geschehen? Wenn ich mir ein Ziel setze, mir sage: »Ich schaffe es, davon bin ich überzeugt«, liegt darin bereits der halbe Erfolg. Natürlich müssen es konkrete Ziele sein, die erreichbar sind. Ich selbst weiß, was ich zu leisten vermag. Ziele braucht jeder Mensch. Sie ordnen unser Inneres, lehren uns zu unterscheiden das Wesentliche vom Unwesentlichen, das Vorläufige vom Endgültigen, das Wertlose vom Wertvollen.

Ich weiß, was ich will und helfe anderen, ihr Zielbewußtsein zu finden, um gemeinsame Probleme besser zu lösen. Dadurch, daß ich an mich glaube, erhält mein Ziel einen Sinn und mein gegenwärtiges Tun zusätzlichen Auftrieb. Eine solche Lebensführung macht frei von Hemmungen und Verklemmungen. Sie überwindet Neurosen und Depressionen.

Redensarten wie: »Das geht nicht« oder »Das kann ich nicht« zeigen, mit welchem Gespür unsere Seele Bewußtseinsgrenzen erkennt. Machen Sie dieses Erspüren der eigenen Autorität in sich wieder lebendig. Betrachten Sie jede Aktion aus dem positiven Blickwinkel. Das aktiviert die guten Lebenskräfte. So sind Sie überlegen und sicher in der Ausgeglichenheit gegen Ihre Umwelt. Sie ruhen in sich selbst, was auch immer geschieht. Das Selbstbewußtsein ist für alle Zeit unsere größte Stärke und Stütze.

Wer kein Vertrauen zu seinem geistigen Wesenskern hat, wer dieses Leben nur mit den Kräften seines Verstandes meistern will, der wird ewig bleiben, was er ist, nämlich ein Mensch, der sich ständig über die Schwierigkeiten und Widerwärtigkeiten des Lebens beschweren wird. Das gilt es zu ändern. Stecken Sie sich also Ziele, die Sie von Ihren Fähigkeiten überzeugen können.

Ich ändere mich – und damit die anderen

Wer mit seinen Mitmenschen, ganz gleich, ob privat oder beruflich, gut auskommen möchte, muß sich anpassen. Genauso, wie ich anderen gegenübertrete, so werde ich von ihnen behandelt. Wie heißt es so schön: Wie man in den Wald hineinruft, so schallt es heraus.

Eva wurmt es schon lange, daß Harald so oft seine Abende außer Haus verbringt. Gegen seine regelmäßigen Kegel- und Skatabende hätte Eva gar nichts einzuwenden, aber an den übrigen Abenden macht er sich ebenfalls zu Hause rar.

Ihre Bitten, öfter zu Hause zu bleiben, bleiben fruchtlos, und Vorwürfe vergiften die Stimmung der Eheleute. Eva ist sehr deprimiert.

Zuerst einmal sollte sie insgeheim nach dem Grund fragen. Ist Eva vielleicht selbst schuld am häufigen Fortgehen ihres Mannes? Wie sehen denn die Abende aus, wenn er einmal daheim ist? Beide sitzen stumm vor dem Fernsehgerät, Eva strickt, Harald liest die Zeitung, eine Unterhaltung will nicht recht aufkommen. So gesehen ist es verständlich, wenn Harald diesem Einerlei seinen Stammtisch vorzieht.

Eva muß einsehen und sich Mühe geben, den Abend zu Hause attraktiver zu gestalten. Ein paar gemütliche Stunden beisammen bei einem Glas Wein. Statt des Fernsehgerätes wird eine Schallplatte aufgelegt und über dieses oder jenes geplaudert. So hätte Eva wenigstens den Versuch gemacht, Harald die Abende zu Hause angenehmer zu gestalten, vielleicht wartet er darauf. So ändert sie sich und damit auch Haralds Verhaltensweise.

Die meisten Menschen machen sich selbst unglücklich, weil sie ihr Glück von anderen und deren Verhalten abhängig machen. Ich erwarte zuviel, wenn meine Kinder mir bedingungslos gehorchen, meine Kollegen mich respektieren müssen und mein Ehepartner mich so lieben muß, wie ich bin, ohne mich ihm anzupassen. Sicher ist mein Glück von anderen mitbestimmt, aber ich darf für meine Ausgeglichenheit und Zufriedenheit nicht andere verantwortlich machen. Wenn mir also in meiner Umgebung oder meinen Mitmenschen etwas nicht gefällt, versuche ich, die Umstände zu ändern und es andere wissen zu lassen, was mir nicht paßt. Gelingt mir das nicht, ändere ich mich selbst. Dieser Weg ist leichter und führt genauso zum Erfolg. Außerdem gewinne ich eventuell noch Anerkennung und Aufmerksamkeit durch meine jetzige Verhaltensweise. So werden auch andere ihr eigenes Verhalten ändern.

Werner kommt mit seinen Kollegen nicht klar. Sie schneiden ihn, weil er meint, alles besser zu wissen und alle Arbeiten besser als andere Kollegen erledigen zu können. Kurzum: Werner hält sich für unersetzlich. Selbst als er eine starke Grippe bekommt, will er noch ins Büro gehen. »Es muß gerade heute etwas Wichtiges erledigt werden«, gibt er seiner Frau zur Antwort, als sie ihm rät, im Bett zu bleiben. Werner schleppt sich ins Büro, muß aber während der anschließenden Konferenz zum Arzt gefahren werden. Seine Aufgabe übernimmt ein anderer Kollege.

Als Werner nach drei Wochen Krankenbett wieder an seinen Schreibtisch zurückkehrt, findet er nicht, wie er meint, Berge von unerledigter Arbeit, sondern einen aufgeräumten Schreibtisch vor. Bei Durchsicht dieser Arbeiten muß er feststellen, daß sehr gute Arbeit geleistet worden ist.

Erst jetzt wird ihm klar, daß jeder Mensch, auch Werner, jederzeit zu ersetzen ist. Fortan bespricht er die eine oder andere schwierige Aufgabe mit seinen Kollegen, anstatt sich nur beim Chef Ratschläge zu holen. Dadurch ist ein lockeres, ja sogar kameradschaftliches Betriebsklima entstanden. Andere Kollegen beziehen Werner in ihre Gespräche hinein, sei es beruflicher oder privater Art, und achten ihn dabei so, wie er es sich eigentlich schon immer gewünscht hatte.

Wer also möchte, daß andere Menschen seine Meinung teilen, der sollte sich zuerst einmal überlegen, ob sie wirklich zu teilen ist und nicht auf Einseitigkeit beruht. Zunächst einmal müssen wir auch die Probleme anderer wichtig nehmen, nicht nur stets auf die eigenen fixiert sein.

Nur wer bereit ist, den ersten Schritt zu tun, kann auch von anderen Entgegenkommen erwarten.

Ich weiß, was ich will – und strahle es aus

Weiß ich das wirklich? Es gibt viele Situationen, in denen wir nicht genau wissen, was wir wollen.

Wir müssen bereit sein, Entscheidungen selbst treffen zu wollen. Ich muß mein Leben führen. Ich erprobe meine Kräfte, und ich erfahre damit mein eigenes Ich. Der Drang nach Selbstverwirklichung macht sich bemerkbar. Ich spüre den Wunsch nach Aktivität.

»Soll ich dich nun für die Reise mit anmelden, Ulla?« Sybille hatte ihre Freundin bereits mehrmals gefragt, ob Ulla sie und ihren Mann auf der Urlaubsreise begleiten möchte. Seit ihrer Scheidung hatte Ulla sich abgekapselt, ging kaum noch unter Menschen. »Ich habe mich noch nicht entschieden«, gab Ulla zur Antwort. »Eigentlich habe ich gar keine Lust. Ich wäre das fünfte Rad am Wagen. Das möchte ich nicht.« »Das Leben geht weiter. Willst du hier Trübsal blasen und es an dir vorüberziehen lassen?« erwiderte Sybille. »Dazu bist du mit achtundzwanzig Jahren viel zu jung. Komm mit, und du wirst die Welt mit ganz anderen Augen sehen. Das Leben hält noch so vieles für dich bereit.«

Wie recht Sybille hat. Viele Menschen verlieren sich im Gestern oder Morgen und übersehen die Chance, die der Augenblick bietet. Sie hängen vergangenen Träumen nach, einer Zeit, die längst vergangen ist. Dabei übersehen sie so vieles, das ihnen ein besseres Leben ermöglichen würde und das sie erfreuen könnte.

Tun Sie, was für Sie gut scheint. Erfüllen Sie sich Ihre Wünsche. Gönnen Sie sich etwas. Das Gefühl, frustriert zu sein, kann ich getrost vergessen, wenn ich »ja« sage zu meinen Mängeln und Fehlern, aber erkenne, was ich mir zutrauen kann. Wenn ich dessen bewußt bin, kann ich mir Ziele stecken und sie besser in Angriff nehmen und sie verwirklichen.

Eine Krankenschwester beginnt mit sechsundzwanzig Jahren ein Medizinstudium. Der Beruf hatte sie ausgefüllt, und der Abschied vom Kollegium fällt ihr – ehrlich gesagt – schwer. Dennoch sieht sie darin die Möglichkeit zur Selbstverwirklichung. Sie weiß, daß sie die Fähigkeit besitzt, dieses Studium erfolgreich abzuschließen.

Harry, ein Angestellter, hat in seiner Freizeit ein Ehrenamt übernommen. Er betreut den örtlichen Sportverein.

Eine Lehrerin leitet in ihrer Freizeit eine Handarbeitsgruppe. Einmal wöchentlich treffen sich nun zehn Damen zum Stricken, Sticken und Nähen bei ihr.

Wenn ich glücklich werden will, begegne ich meinen Mitmenschen im Bewußtsein meines Wertes, meiner Möglichkeiten und Interessen und bin offen auch für ihre Wünsche und Neigungen. Ich nehme sie genauso wichtig wie meine eigenen.

Wer in seinem Alltag mit positivem Denken beginnt,

ahnt noch nicht, welche wunderbare Lebenserweiterung noch vor ihm liegen kann. Prüfen Sie die Vielfalt der Möglichkeiten. Was Sie in Ihren Gedanken verstärken, wird Ihnen geschehen. Wenn Sie Mißerfolge wirtschaftlicher Art einstecken müssen, unterliegen Sie niemals einem deprimierenden Gefühl. Der Verlust will Ihnen etwas sagen. Identifizieren Sie sich damit, und sagen Sie sich: »Es mußte so kommen. Ich war vorher nicht klar genug. Ich nehme den Verlust als Zeichen. Er wird sich wieder vollkommen ausgleichen. Ich setze nur auf meine eigene Kraft und meine innere Stimme. Mein Ziel liegt klar vor meinen Augen. Mir gelingt jetzt alles. Die unendliche Weisheit in mir lenkt und behütet mich in all meinem Tun.«

Der beste Weg, um auf ein Ziel loszugehen, ist eine klare Vorstellung, die unanfällig ist für Zweifel und Entschlußlosigkeit. Doch nur durch positives faires Denken ist ein unerschütterliches Selbstvertrauen möglich. Ich lasse mich nicht von jedem Kritiker und Miesmacher beeinflussen, um Mißerfolg im Durchsetzen des Lebensplans nicht vorzuprogrammieren. Ich folge meinen Eingebungen und Sehnsüchten und habe mich für ein klares, schönes, harmonisches Leben entschieden.

Ich entwickle positive Vorstellungen, die mir innere Klarheit verschaffen, meinen Aufgaben gewachsen zu sein und sie mit den unerschöpflichen Energien meines Unterbewußtseins zur vollen Geltung in meinem Leben zu bringen. Das ist meine Aufgabe. Diese unerschöpfliche Stärke ist jederzeit greifbar, sie steht immer zu meiner Verfügung.

Ich prüfe, ob meine Zielsetzung für meine Zukunft richtig ist. Gibt mir meine innere Stimme recht, dann schaffe ich mir eine bildhafte Vorstellung von meinem Ziel und identifiziere mich damit so vollständig, als ob der Weg dorthin schon längst bewältigt wäre.

Ich lebe von nun an mit der Idee meiner bereits verwirklichten Vorstellung. Ganz gleich, welcher Art das Ziel auch sein mag, ob ich mich am fernen Urlaubsort erblicke, mich mit dem ersehnten Lebenspartner zusammen sehe oder gesund und frei schöne Dinge unternehme, die ich aufgrund irgendwelcher Behinderungen im Augenblick nicht erfüllen kann, ich werde den Erfolg meiner Vorstellungen erleben.

Jeder von uns hat die gleiche Fähigkeit, psychische Vorgänge zur Erreichung eines positiven Ziels in sich aufzulösen. Wer etwas tun möchte, es aber wahrscheinlich nicht kann, wird um so weniger Erfolg haben, desto mehr er sich anstrengt. Das innere Gefühl – in diesem Fall: etwas nicht leisten oder beweisen zu können – ist stets stärker als der Wille, der etwas durchsetzen möchte. Ich stimme mich von vornherein auf positive Zustimmung und Verwirklichung ein, dann habe ich schon gewonnen.

Ich nehme sie wichtig – und werde wichtig für sie

»So, Herr Weber, nun zeigen Sie einmal, was Sie gelernt haben.« Herr Möller, Topverkäufer in einer großen Firma, klopft ihm beruhigend auf die Schulter. Werner ist nicht ganz wohl in seiner Haut, als sie auf das Büro des Kunden zugehen. Er ist nun gut vier Wochen als Verkäufer in der Firma tätig. Sein Vorgesetzter traut ihm viel zu, und Werner möchte das in ihn gesetzte Vertrauen nicht enttäuschen.

In einem Seminar bereitete er sich vor, doch die Praxis sieht immer etwas anders aus, denkt Werner voller Unbehagen, als sie dem Kunden gegenübertreten.

Herr Möller hat richtig gehandelt. Er nimmt seinen Kollegen wichtig. Das gibt ihm ungeheuren Auftrieb. Wer strebt nicht – gerade im Beruf – nach Achtung und Selbstachtung? Oft muß der Selbstwert überhaupt erst hergestellt werden. Mit wieviel mehr Motivationsbereitschaft geht ein Mitarbeiter seiner Arbeit nach, wenn er weiß, daß ihm vom Vorgesetzten eine Menge zugetraut wird. Er setzt sich für die Firma ein, weiß er doch, daß seine Leistungen entsprechend honoriert werden. Wieviel mehr Elan steckt plötzlich in uns, wenn wir wissen, daß wir neue und fremde Aufgaben übernehmen sollten.

Wir alle streben, wenn wir glücklich werden wollen, nach Gesundheit von Körper, Geist und Seele, nach innerer und äußerer Harmonie und nach Erfolg. Wir möchten uns durchsetzen und wünschen uns Anerkennung, die günstige Bedingungen für unsere Lebenshaltung bedeutet. Wer aus seinem geistigen Kern heraus lebt, dem fällt auch vom Reichtum dieser Erde mehr zu, als er unbedingt benötigt. Dann sind wir positiv dem Leben gegenüber eingestellt, und die unerschöpflichen Reserven des Unterbewußtseins stehen uns offen.

Das menschliche Glück aber liegt in der Liebe. Ein Leben lang sehnen wir uns nach dieser alles umfassenden Liebe, die uns Erfüllung und höchste Lebensintensität bedeutet. Diese Liebe, die für mich auch höchstes Glück beinhaltet, kann ich aber nur erhalten, wenn ich bereit bin, selbst Liebe zu geben. Ich muß meinen Partner lieben, achten, seinen Wert schätzen, ihn wichtig und ernst nehmen. Aus der Harmonie, die mich erfüllt, strahlt meine Liebe auch zu allen Menschen in meiner Umgebung. Ich weiß, daß ich auch für meine Mitmenschen wichtig und von Bedeutung bin.

Es ist schon längst Feierabend, als die Bürovorsteherin eines Anwaltsbüros einem Lehrling bei den Aufgaben für die Berufsschule behilflich ist. So selbstverständlich, wie ihr die täglichen Aufgaben im Büro sind, so wichtig nimmt sie auch die Sorgen anderer ernst.

Eine Krankenschwester, deren Dienst noch nicht begonnen hat, hält sich in der Station bei den kleinen Patienten auf, die ganz besonders unter dem Krankenhausaufenthalt leiden. Das dankbare Lachen und die glücklich strahlenden Gesichter bei ihrem Erscheinen sind ihr Lohn genug für ihre Aufopferung.

Ein Fußballtrainer, der die Jugendmannschaft betreut, nimmt sich auch in seiner Freizeit der Sorgen und Nöte seiner Schützlinge an. Sie können jederzeit auch mit ihren privaten Problemen zu ihm kommen.

Ein Lehrer gibt seinen Schülern kostenlos Nachhilfeunterricht. Sie sind nicht nur als seine Schüler für ihn wichtig, sondern sie sehen ihn mehr als einen Partner als einen Lehrer an.

Wer die Sorgen und Probleme von anderen Menschen genauso wichtig nimmt wie seine eigenen, der wird auch für sie wichtig. Sie akzeptieren ihn als ihren Ansprechpartner. Wie wichtig ich für andere sein kann, macht sich besonders bei alleinlebenden Menschen bemerkbar. Denn der Mensch will als einzelner mit seinen Nöten und Problemen, mit seinen Ängsten und seiner Ungeborgenheit nicht allein gelassen, sondern angesprochen werden. Dafür muß er ein Du finden, daß ihn versteht und ihm Selbstsicherheit gibt. Oft wissen wir selbst nicht, wie wichtig wir für solche einsamen Menschen sind. Mit unserer Zuwendung trösten wir sie über Trauer, Leid und Verzweiflung hinweg.

Der Mensch lebt nicht nur für sich allein. Wir können in vielen Situationen wichtig für andere werden. Wenn ich mein Kind morgens für die Schule verabschiede, kann ich ihm ein aufmunterndes Wort für die bevorstehende Klassenarbeit mit auf den Weg geben. Ich kann als Arzt meinem Patienten Mut zusprechen, wenn er sich vor einer schwierigen Operation befindet. Ich kann als Pfarrer die Trauer eines Mitmenschen für den Verlust einer geliebten Person auch für mich wichtig nehmen und ihm ein paar tröstende Worte zusprechen.

Viele Menschen werden sich in ihrem Leben an schwere Zeiten erinnern können und daran, wie sie sie bewältigt haben. Aber sie wissen auch, welch unglaublich beglückendes Empfinden aus einer mitgetragenen Leistung erwächst. Glück bedeutet nicht nur die eigenen Sorgen zu bewältigen, sondern auch für die meiner Mitmenschen ein Ohr zu haben. Erst wenn ich auch andere durch mein Tun glücklich machen kann, kann ich es selbst sein.

Ich habe Erfolg

Ich setze mir Ziele – und beachte die Schritte

Ich bin gesund, genieße ein intaktes Familienleben, meine Finanzen sind in Ordnung. Ich könnte also glücklich und zufrieden sein. Was brauche ich noch zum Glücklichsein? – Erfolg! Denn irgendwann füllt mich mein Leben nicht mehr aus. Dieses Gefühl überkommt uns alle einmal.

Als Hausfrau und Mutter werde ich nicht gleich eine größere Karriere anstreben, die Familie soll nicht vernachlässigt werden. Auch bescheidenere Ziele können mir das Gefühl vermitteln, Erfolg zu haben.

Was ich auch immer ins Auge fasse: ein Häuschen zu bauen, etwas Neues zu erfinden, eine höhere Position zu erlangen. Alle diese Ziele bleiben Kinderträume, wenn ich nicht fest darauf fixiert bin. Hierbei muß ich beachten, daß ich mir nicht zu entfernte Ziele setze, damit ich sie auch erreichen kann. Sonst gebe ich vorschnell auf und habe zu kleineren Schritten keinen Mut mehr. Ganz wichtig ist: eines nach dem anderen und nicht zuviel auf einmal. Zu viele Ziele kann niemand gleichzeitig verwirklichen.

Karin hatte ihr Studium als Fremdsprachenkorrespondentin aufgegeben, als sie Frank heiratete. Wehmut überkam sie, wenn sie daran denken mußte, obwohl sie mit Frank und den inzwischen schulpflichtigen Kindern ein harmonisches Familienleben führte. Trotzdem ging ihr der Gedanke nicht aus dem Kopf, irgendwann einmal ihren Berufswunsch zu verwirklichen. Ein Studium konnte sie zur Zeit nicht beginnen, das wäre mit ihren Ehe- und Mutterpflichten nicht vereinbar. So entschloß sich Karin, zuerst einmal einen Schritt in die gewünschte Richtung zu unternehmen.

Kurzerhand meldete sie sich bei der hiesigen Volkshochschule an, um ihre Kenntnisse in Englisch und Französisch aufzufrischen und zu vervollständigen. So, das wäre geschafft. Schwer fiel es Karin nicht. Aber auch so kleine Erfolge ermutigen zu weiteren Schritten. Erweiterungskurse waren ihr nächstes Ziel. Bald konnte sie auch hier erfolgreiche Abschlußprüfungen verbuchen. Also nahm sie sich die nächste Hürde vor. Eine neue Fremdsprache sollte noch dazukommen. Karin war sich ihres Erfolgs ziemlich sicher.

Jedes Ziel, das ich mir vor Augen führe, muß in Schritte aufgeteilt werden. Ich kann nicht auf die andere Seite einer Straße gelangen, ohne sie zu überqueren. Dabei muß ich auf die Gefahren achten, die sich mir dabei in den Weg stellen. Genauso kann ich keinen Fluß ohne Brücke überqueren, ohne durchzuwaten oder zu schwimmen. Dazu werde ich mir stets die für mich günstigste Stelle aussuchen. Ich werde versuchen, die Strecke bis zum Ziel aufzuteilen in ein jeweiliges Arbeitspensum, das ich meine bewältigen zu können. Erst wenn sie schrittweise überschaubar vor mir liegt, kann ich auf mein Ziel zugehen.

Es ist völliger Unsinn, seine Ziele darin zu sehen, jeden Tag zehn Seiten eines bestimmten Buches zu lesen oder einen Pullover in einer Woche fertig zu stricken. Ich habe es dann zwar geschafft, mir selbst etwas zu beweisen, aber es hat mir durch den Zeitdruck wenig Freude bereitet, und ich bin vorerst zu keiner Zielsetzung mehr bereit.

Kein Direktor ist vom Lehrling mit einem Sprung zu seinem Posten aufgestiegen. Der Weg dorthin hat ihn viele Stationen durchmachen lassen, in denen er sich immer neues Wissen für seine Laufbahn aneignen mußte.

Welche Ziele wir uns auch immer stecken, sie setzen voraus, daß wir unsere eigene Leistungsfähigkeit kennen müssen. Wenn ich weiß, was ich zu leisten vermag, kann ich meine Fähigkeiten gezielt einsetzen. Die einzelnen Schritte, die mich erfolgreich zum Ziel führen, müssen mir immer wieder vor Augen geführt werden. Nur so können sie sicher zum Ziel führen. Kritische und selbstkritische Rückfragen, Zusammenfassungen und Überblicke, aber auch Vergleiche mit anderen Systemen und Diskussionen mit Freunden und Kollegen sind für den eigenen Fortschritt unerläßlich.

Oft liegt nicht die meiste Arbeit und Mühe im Stoff, sondern in der Unentschlossenheit, die es gilt zu überwinden. Viele Menschen scheitern schon, bevor sie begonnen haben, weil sie sich zu wenig zutrauen. Darum, wenn ich mir ein Ziel setze, dann muß ich es auch ausführen. Ich mache mir drei Dinge zum Grundsatz: Gleich klären! Gleich merken! Gleich tun! So packe ich mein Ziel am besten an, und zwar Schritt für Schritt, sorgfältig, zweckmäßig und gewissenhaft, dann schwindet das Pensum, ehe ich es recht bemerke. Dies ist ein gutes Training für größere Aufgaben.

Und wenn es einmal etwas länger dauert, bis sich der Erfolg einstellt, verzage ich nicht. Natürlich sieht man beim Rasenmähen, beim Beetumgraben oder beim Holzhacken gleich, welche Leistung vollbracht wurde, eher als bei geistiger Arbeit, deren Erfolg außerdem noch von anderen abhängig ist. Trotzdem verfolge ich mit unbeirrbarer Zielstrebigkeit meinen Weg. Oft muß ich noch warten, bis in mir der

Stoff reift, daß mir etwas Neues einfällt, ehe meine Arbeit zu einem Ganzen verschmilzt. Aber wenn ich mich für eine Arbeit, ein Ziel entscheide, dessen Leistung ich mir bewußt bin, dann werde ich sie auch vollbringen. Gerade wenn etwas auf sich warten läßt, bin ich nachher um so glücklicher, wenn sich der Erfolg einstellt.

Ich kenne meine Stärken – und setze sie gezielt ein

Nichts ist so erfolgreich wie der Erfolg. Das gilt jedoch im Leben mehr für die seelischen Wachstums- und Verkümmerungsprozesse, die die Persönlichkeit eines Menschen prägen und nicht nur für die Erfolge auf wirtschaftlichem Gebiet.

Oft streben wir im Leben nach einem Erfolg, der sich in Machtstellung, Geld, Autos, Haus und so weiter ausdrückt. Haben wir diese materielle Erfolgsleiter erst einmal erklommen, so meinen wir, es »geschafft« zu haben. Jetzt ist es an der Zeit, zurückzuschauen. Wie viele Opfer waren notwendig, um auf der obersten Stufe angelangt zu sein? Habe ich dabei meine Familie vernachlässigt? Habe ich einen Gesprächspartner ausgebootet, der mir dadurch zum Feind geworden ist? Oder habe ich durch zuviel Streß sogar meinem Körper Schaden zugefügt, der ihn krank gemacht hat? Durch solche Dinge, die uns unweigerlich auf dem Wege zum Erfolg begleiten, können wir uns über das Erreichte nicht wirklich freuen.

Wahrer Lebenserfolg liegt in innerer Ausgeglichenheit, in körperlich-seelischer Gesundheit und in Lebensfreude und Liebeserfüllung. Wenn ich so lebe, habe ich es nicht nötig, dem materiellen Erfolg nachzujagen, weil er sich meistens von selbst einstellt. Ich setze meine Stärken da ein, wo ich auch Erfolge erwarten kann. Hier wird es mir leichter fallen, ihn zu verwirklichen, als auf einem Gebiet, das mir weniger vertraut ist, aber vielversprechend scheint.

Ralf soll unbedingt einmal die Firma seines Vaters übernehmen. Sie ist ein Familienunternehmen und soll nicht in fremde Hände gelangen. Ralf ist nicht abgeneigt, einmal auf dem Stuhl seines Vaters zu sitzen, er gibt sich auch die größte Mühe, weiß aber, daß er dort nur unter größter Anstrengung sein Ziel erreicht. Nein, Ralfs Stärke liegt woanders, in der Kunst, genauer gesagt, in der Malerei. Aber weil er als einziges Kind seinen Vater, der von Ralfs Neigung zur Malerei nichts wissen will, nicht enttäuschen möchte, hält er die Stellung im väterlichen Betrieb.

Um sich mit der ganzen Materie vertraut zu machen, mußte Ralf als Lehrling seine Laufbahn in der Firma beginnen. Jede Abteilung mußte er durchlaufen, damit er sich Schritt für Schritt sachkundig machen konnte. Heute nimmt er an Konferenzen, Tagungen und Gesprächen teil. Es werden ihm größere Aufgaben übertragen. Ralf ist froh, daß er sich – wie jeder andere – in der Firma hocharbeiten mußte.

Niemand sollte sein Licht unter den Scheffel stellen. Um ein Selbstwertgefühl zu erlangen, ist es wichtig, daß man sich mit seinen Mitmenschen vergleicht. Ich weiß um meine Fähigkeiten und setze sie ein. Doch es hat keinen Sinn, unbedingt denjenigen nachzueifern, die – wie wir glauben – so viel besser sind als man selbst. Jeder erreicht viel auf dem Gebiet, daß ihm entweder Freude bereitet oder das er wirklich Schritt für Schritt bearbeitet.

Vor allen Dingen bereite ich mich auf eine Aufgabe gründlich vor, dann werde ich sie auch leichter bewältigen können. Will ich mich um eine Arbeitsstelle in einer mir unbekannten Firma oder eines größeren Konzerns bewerben, informiere ich mich vorher über die Firma. So kann ich bei meinem Einstellungsgespräch mit dem Personalchef gezielter über meine Fähigkeiten sprechen. Jeder Redner wird sich nicht nur über die Materie seiner Rede vorbereiten, sondern auch über das Publikum informieren, vor dem er sprechen wird. Wenn ich mich auf die mir gestellten Aufgaben gründlich vorbereite, werde ich sie auch leichter bewältigen können. Dabei ist das Wichtige nicht so sehr die sachliche Vorbereitung und das dadurch entstehende geistige Fundament, sondern die emotionale Absicherung und Vergewisserung, daß ich alles getan habe, was in meiner Macht zur Vorbereitung stand. Das gibt mir die Sicherheit, auch schwierige Aufgaben leichter anzufassen. Selbst wenn etwas schiefgehen sollte, brauche ich mir keine Vorwürfe zu machen, daß es an mir gelegen hat.

Wie werde ich aber tatsächlich einen Rückschlag verdauen; den Mißerfolg, der meine Zukunft zu verbauen droht, der mir jegliche Hoffnung nimmt? Dann sollten wir daran denken, daß das ganze Leben ein Wechselspiel gegensätzlicher Erscheinungen ist. Jedem Höhepunkt folgt ein Tiefpunkt. Das heißt, daß ich mir immer wieder vor Augen halte, daß ich bei jedem Erfolg auch eine Niederlage einplanen muß. Ich weiß, wo meine Stärken liegen, aber ich sollte auch meine Schwächen kennen.

Niemand kann auf die Dauer sicheren Erfolg einkalkulieren. Aber niemand darf sich von eventuellen Mißerfolgen leiten lassen, sondern stets neue Aufgaben anstreben. Gemeint sind damit die vielen kleinen Erfolgserlebnisse, daß eine Arbeit nicht umsonst gewesen ist, daß ich erfolgreich einen Streit geschlichtet habe oder dergleichen.

Meine Stärken gezielt einsetzen, das heißt, ich überlege mir, welche Vorzüge ich besitze und verwende sie dementsprechend. Wenn ich weiß, daß ich ein guter Organisator bin, traue ich mir zu, für unseren Kegelverein eine Reise auszuarbeiten. Besitze ich besondere Kenntnisse, zum Beispiel in einer Fremdsprache, Mathematik oder Deutsch, so stelle ich mich als Nachhilfe zur Verfügung.

Diese Art von Erfolg ist der tägliche Treibstoff, der uns zu weiteren Schritten mobilisiert. Jeder Mensch braucht seine Streicheleinheiten durch andere Menschen oder andere Dinge, mit denen er zu tun hat, um die er sich bemüht.

Wenn ich jeden kleinen Lernzuwachs als gesichertes Wissen registriere, kann ich auf der Welle des Erfolgs immer weiter von Erfolg zu Erfolg gleiten.

Ich haushalte mit Zeit und Kräften – und schöpfe sie aus

Wer im Leben Erfolg haben möchte, muß Leistungen erbringen. Aber lohnt es sich, unter ganzem Einsatz der Kräfte bis zur totalen Erschöpfung auf ein Ziel zuzustreben? Wenn wir unser Leben nur auf den Erfolg ausrichten, werten wir die Gegenwart ab und schließen andere Ziele und Werte aus. Die Gefahr wird groß, daß wir uns durch Leistungs- und Erfolgszwänge einengen und keine Energien für andere Dinge entwickeln.

Werner will gerade das Auto in die Garage steuern, als ihm der Wagen seines Bruders auffällt, der vor seinem Haus steht. Nein, nicht heute, denkt er. Werner hatte sich noch Arbeit aus dem Büro mit nach Hause gebracht, die er zu Ende bringen wollte. So verriet sein Gesichtsausdruck auch schon seinen Mißmut, als er seinem Bruder samt der ganzen Familie gegenübertrat.

Werner hatte ein Architekturbüro. Er nahm an einer Ausschreibung für ein neues Sportzentrum in der hiesigen

Stadt teil und wollte unter allen Umständen den Auftrag erhalten. Tagsüber hatte er seine Arbeit zu verrichten, und abends entwarf er immer neue Pläne für sein Erfolgsziel. So wurmte es ihn, daß er sich die Urlaubserlebnisse seines Bruders und dessen Familie anhören mußte, wo so viel wichtigere Arbeit auf ihn wartete. »Werner, was meinst du denn, wenn wir nächstes Jahr alle gemeinsam in Urlaub fahren würden?« Die Worte seiner Frau rissen ihn aus seinen Gedanken. »Wie bitte, was sagtest du? Entschuldige, Jutta, ich habe nicht hingehört. Ich war mit meinen Gedanken ganz woanders.«

Als die Gäste gegangen waren, mahnte Jutta ihn vorwurfsvoll: »Werner, so kann es nicht weitergehen. Tagsüber hetzt du von einem Termin zum anderen, und abends sitzt du bis spät in die Nacht am Schreibtisch. Will ich einmal etwas mit dir besprechen, bist du völlig weggetreten. Erfolg wünsche ich dir von ganzem Herzen, aber denk auch an deine Gesundheit. Bei all der Arbeit mußt du dir auch eine gewisse Freizeit gönnen.«

Wie recht Jutta hatte. Werner konnte seinen angestrebten Erfolg nur unter größtem Streß erreichen. Dieser Zustand hatte sich schon fast bis zur Unerträglichkeit gesteigert. Nun muß Streß keineswegs nur negativ sein. Die Leistungsspannung, die dem Streß zugrunde liegt, ist – solange sie nicht zur Überforderung führt – auch ein lebensnotwendiger Motor zur Aktivierung des Menschen in körperlicher und auch in seelischer Hinsicht. Ein kranker, alter oder arbeitsloser Mensch leidet oft unter zu wenig Beschäftigung und ist unbefriedigt.

Wie kann aber ein Idealzustand hergestellt werden, der das Gleichgewicht bewahrt oder wiederherstellt? Zunächst einmal muß ich klären: Welches sind die Ursachen meines inneren Spannungszustandes? Vielleicht bin ich beruflich über- oder unterfordert? Verlangt meine Familie in meiner Freizeit zuviel von mir? Bin ich zu ehrgeizig? Bin ich gestreßt, weil ich Mißerfolge einstecken mußte, die meine Erfolge übersteigen? Mache ich immer dieselben Fehler?

Nachdem ich diese Bilanz gezogen habe, besinne ich mich auf meine Stärken. Ich nehme mir vor, sie dort einzusetzen und sie zu nutzen, wo sie Erfolg bringen können. Ich spare meine Kräfte und Zeit dort ein, wo es um Nebensächlichkeiten geht. Schon dies kann Entspannung bringen und zur Entlastung führen. Erfolg setzt voraus, daß wir den Weg dorthin kennen und unsere Zeit und Fähigkeiten auf dem Wege richtig einsetzen. Ich muß mich auf die wirksamste Weise auf den Stoff konzentrieren können. Ich muß logisch und gleichzeitig kreativ denken können. Nur auf diese Weise werde ich auch den Weg zum Erfolg gehen können.

»Hallo Elke, wollen wir einen Kaffee trinken?« Inge klopft ihrer Freundin auf die Schulter, die hastig ein paar Dinge in ihren Einkaufskorb packt. »Nein, ich habe es mal wieder eilig, ein andermal. Ich muß rasch nach Hause und noch für den Abendkurs büffeln. Karlheinz kommt in zwei Stunden, und dann muß das Abendessen fertig sein.« Während Inge ihrer Freundin nachsieht, denkt sie voller Unmut, wie blaß Elke geworden ist. Hoffentlich wird es ihr nicht zuviel: Haushalt, schulpflichtige Kinder, halbtags arbeiten und abends auch noch das Fernstudium, das Elke unbedingt wieder aufnehmen wollte. Von Erfolg war sie schon immer besessen. Karlheinz verdient als Angestellter nicht schlecht, doch seit sie ihr eigenes Häuschen besitzen, reicht es halt doch hinten und vorn nicht mehr aus. So nahm Elke eine Stelle als Phonotypistin an. Letztes Jahr nun kam ihr in den Sinn, ihr abgebrochenes Studium fortzusetzen. Da es aber nicht möglich war, an einer Universität zu studieren, entschied sie sich erst einmal für ein Fernstudium.

Unter diesem Erfolgszwang, der unweigerlich sehr hohe Anforderungen an Elke stellte, litt schon bald das Familienleben. Die Ehe drohte zu zerbrechen, denn Karlheinz sah seine Frau abends nur noch hinter Büchern. Wo waren die gemütlichen Abende geblieben, die sie beide einst so sehr genossen hatten? Keine Zeit mehr für gemeinsame Spaziergänge, Besuche bei Freunden und Verwandten. Ein Wochenendausflug war schon gar nicht mehr drin. Elke könnte die Abschlußprüfung im nächsten Jahr machen, aber sie meldete sich für dieses Jahr an.

Muß sie das wirklich? Ist es so viel mehr wert, ein Ziel unter Zeitdruck erreichen zu müssen, wenn auch noch andere unter dieser Last leiden müssen? Wieviel Kraft kann ich schöpfen, wenn ich zwischendurch auch einmal etwas anderes tun kann? Mit welch neuem Elan kann ich dann wieder an die Arbeit gehen. Auch wenn ein Ziel noch so erfolgversprechend ist, ich kann es besser erreichen, wenn ich zwischendurch einmal abschalte, einen Spaziergang durch den Park mache, an der frischen Luft frei atme und mich an anderen Dingen erfreue. Wer nur auf Erfolg programmiert ist, hat bald keinen Blick mehr für andere Dinge, die wir zum Leben benötigen.

Es ist die Stärke und zugleich die Schwäche des Menschen, daß er von Natur aus wenig von dem erfährt, was er für sein Leben braucht. Unsere Umwelt wird immer komplizierter und das Leben anspruchsvoller. Wir haben uns daran gewöhnt, daß, wenn wir viel erreichen wollen, heute viel mehr Leistung erbringen müssen als früher. Doch viel Leistung vermag nur ein gesunder und ausgeglichener Mensch zu geben. Der größte Erfolg nützt nichts, wenn wir ihn nur unter Qualen erreicht haben und uns dann nicht recht an ihm erfreuen können.

Wer mit Zeit und Kräften haushält, der kann sie auch

ausschöpfen. Ihm wird eher mehr gelingen als demjenigen, der pausenlos sein Ziel verfolgt. Denn eine gute körperliche und seelische Verfassung ist eine wichtige Voraussetzung, Erfolge zu erzielen, zu erhalten und immer neue zu erreichen. Dazu gehören Schlaf, Erholungspausen, die richtige Ernährung und ein gewisser Ausgleich.

Nur wer sich dessen bewußt ist und in diesem Sinne lebt, wer seine Kräfte nicht überfordert und sich Zeit zum Reifen des Erfolges nimmt, der wird Erfolg haben und ihn glücklich genießen.

Ich genieße Erfolge – aber verlasse mich nicht auf sie

Petra hatte sich sehr auf das Wiedersehen mit ihrer Freundin Helga gefreut. Seit sie nach der Heirat vor fünf Jahren mit Rolf in eine andere Stadt gezogen war, hatten sich beide nicht mehr gesehen. Rolf besitzt eine große Firma und hat Helga reich gemacht. Sie lebt ein Leben in Luxus, und Petra beneidete sie insgeheim, wenn sie daran dachte, wie sie und Jürgen für ihr eigenes Häuschen jede Mark zusammentragen mußten. Ja, Helga hatte Erfolg, doch Petra neidete es ihr nicht.

Da kam sie auch schon in das Café, in dem sie sich verabredet hatten. Wie elegant Helga den teuren Mantel abstreifte, dachte Petra und hob freudestrahlend die Hand, um ihre Freundin an ihren Tisch zu winken. Helgas etwas zurückhaltende Art bei der Begrüßung machte Petra schon stutzig, aber in ihrer Wiedersehensfreude beachtete sie das nicht weiter. Während des Gesprächs drehte Helga stets an ihren kostbaren Ringen, die einige Finger zierten, und zupfte immer wieder die teure Seidenbluse zurecht. Von ihren

Freunden, Geschäftspartnern ihres Mannes, erzählte sie, von dem Geld, das sie ausgab und den Partys, auf denen sie glänzte. Allmählich wurde Petra klar, daß sie nicht mehr die alte Helga war, die sie einmal so sehr gemocht hatte und auf deren Wiedersehen sie sich so sehr gefreut hatte. Der Erfolg, einen vermögenden und einflußreichen Mann geheiratet zu haben, hatte Helga verändert. Petra war froh, als sich beide vor dem Café die Hand zum Abschied reichten. Helga war inzwischen vom Erfolg verwöhnt. Doch wehe, wenn dieser einmal nicht mehr vorhanden war, dachte Petra, dann ist sie ärmer als ich.

Erfolg ist nicht alles. Wer ihn um jeden Preis anstrebt, gefährdet Glück und Gesundheit. Niemand kann auf die Dauer Erfolg einkalkulieren und tut deshalb gut daran, den Mißerfolg mit einzubeziehen. Das heißt natürlich nicht, daß man sich davor angst machen und in Gedanken auf Mißerfolge fixiert sein soll. Aber der mögliche Rückschlag muß auch eingeplant werden. Das Leben besteht nun einmal aus gegensätzlichen Polen und den daraus entstehenden Wechselbeziehungen: Leben und Tod, Tag und Nacht, Gesundheit und Krankheit. Wir alle führen ein menschliches Dasein, wenn wir beide Pole in unser Leben integrieren.

Helmut hatte eine gutgehende Tankstelle von seinem Chef pachten können, der sich aus Alters- und Gesundheitsgründen zur Ruhe gesetzt hatte. Helmut war fleißig und ehrgeizig, dazu gelernter Kraftfahrzeugmechaniker. Bald schon besaß er eine florierende Werkstatt neben seiner Tankstelle. Er stellte nach und nach Mitarbeiter ein und bot immer mehr Serviceleistungen an. Da er mit diesen Leistungen bisher viel Erfolg bei seinen Kunden hatte, kaufte er eine teure Waschanlage und erhöhte die Preise dadurch stark. Das Geschäft ging bestens. Er kaufte seiner Familie ein Haus, das teuer eingerichtet wurde. Helmut war sich seines Erfolges so sicher, daß er sich ohne weiteres bis zur Höchstgrenze verschuldete.

Dann geschah eines Tages das Unfaßbare für ihn. Im gleichen Ort siedelte sich die Konkurrenz an, und zwar mit günstigeren Preisen, die Helmut nicht anbieten konnte. Die Folge: seine Kunden blieben weg, die Waschanlage stand still. Er mußte erst einen, bald zwei seiner Mitarbeiter entlassen. Sein Unternehmen ging abwärts, und er machte immer mehr Schulden, die er nicht bewältigen konnte. Helmut mußte einsehen, daß er nur auf Erfolg programmiert war und einen eventuellen Mißerfolg durch Konkurrenz nicht eingeplant hatte.

Ähnlich geht es denen, die durch schnellen Ruhm oder durch Bekanntschaften zu Geld und Erfolg kommen. Rasch wird der Lebensstandard erhöht. Ein Haus, ein Auto wird ein paar Nummern zu groß gekauft. Ab sofort tun sie das, was ihnen gefällt, jetten von einer Party zur anderen, aber für ihren Erfolg und ihr Image tun sie nichts mehr.

Aber auch die beste Publicity nutzt sich ab, denn es gibt viele, die schnell zu Ruhm und Ansehen gelangen. Ein anderes Gesicht taucht in den Medien auf und steht nun auf der obersten Stufe der Erfolgsleiter. Was dann? Wer erst einmal Schnee von gestern ist, ist auch schnell ein Unbekannter. Wer daraus seine Einkünfte bezogen hatte, daß er bekannt war und Angebote von Film und Fernsehen bekam und nun ins Abseits gerückt ist, mag es jetzt schwer haben. Hypotheken belasten das Haus und drücken auf die Seele. Der extravagante Lebensstil übersteigt bald die zur Verfügung stehenden Mittel. Für viele Menschen eine bittere Pille, wenn die Erwartungen reduziert und die Wirklichkeit bejaht werden muß. Oft bleiben dann auch noch die Freunde weg, die in guten Zeiten in Scharen aufgekreuzt waren, um alle Feste mitzufeiern. Der erfolgverwöhnte, ausgabefreudige

Mensch findet leichter Freunde als der, der sparen muß und in depressiver Stimmung ist.

Wohldosierter Erfolg ist eine Bedingung menschlichen Lebens, ist ständiger Motor, ist seelische Nahrung für uns Menschen. Meine Erfolgserlebnisse sind Ziele, die ich erreicht habe. Ich verbuche sie bewußt und dankbar. Ich verlange nichts Unmögliches von mir und von anderen, um keine Mißerfolge herbeizuführen. Ich überschreite das Mögliche stets so, daß ich neue Erfolgserlebnisse erfahren kann. Einer zieht dabei den anderen nach sich, solange ich sorgfältig die Glieder der Erfolgskektte beachte und verstärke.

Erfolg ist nicht alles im Leben. Wer sonst nichts kennt, ist ein armer Mensch. Er wird auf die Dauer kaum glücklich werden. Erfolg muß ich in meine gesamte Lebensökonomie einbeziehen. So kann ich flexibel sein gegenüber Schwankungen, innerer Schwäche, äußeren Widerständen, aber auch unerwarteten Ereignissen. Ich suche Erfolg und arbeite dafür. Ich genieße ihn, aber mache mich nicht davon abhängig. Ich gönne ihn auch anderen. Erfolg sehe ich auch in Fähigkeiten, die nichts mit Leistung zu tun haben: Anerkennung, Austausch, Liebe und Freude.

In unserer schnellebigen und streßdurchwirkten Zeit sind heutzutage die meisten Menschen gezwungen, Erfolge herbeizuführen, um einen angemessenen Lebensstandard erreichen zu können. Wer sich erst einmal in der Tretmühle der Hierarchie befindet, kann sich schwerlich daraus befreien, weil er es sich oft nicht leisten kann, auf seinen Lorbeeren auszuruhen.

Gehen die Leistungen eines Verkäufers erst einmal zurück, wird ein besserer Kollege seine Arbeit übernehmen. Aber auch im privaten Bereich kann man sich auf seinen Erfolg nicht verlassen.

Heinz erobert nach vielen Versuchen endlich das Herz seiner Angebeteten. Nun meint er, sie müsse ihm ganz allein gehören. Seine Bemühungen um sie schränkt er bald ein. Abends sitzt er lieber daheim, als seine Inge in ein Tanzlokal oder ein Restaurant einzuladen. Auch die anfänglichen kleinen Aufmerksamkeiten, die er ihr hin und wieder zuteil werden ließ, werden immer seltener. Wen wundert es, daß Inge sich eines Tages zu einem anderen Mann hingezogen fühlt, der ihr seine ganze Aufmerksamkeit schenkt.

Heinz hatte nicht bedacht, daß der Erfolg einer Partnerschaft nicht nur in der Eroberung besteht, sondern daß er sich weiter entwickeln muß. Ich kann mich nicht damit begnügen, daß ich etwas erreicht habe, sondern ich muß auf weitere Erfolge hinwirken. Nur so werde ich sowohl die großen als auch die kleinen Erfolge immer aufs neue genießen können und glücklich dabei sein.

Ich überwinde Niederlagen

Ich akzeptiere Krisen – und meistere sie

Jeder Mensch hat in seinem Leben eine Niederlage hinnehmen müssen. Lustlos, oft deprimiert schleppt man sich durch Tage, Wochen, sogar die nächsten Monate. Nichts will mehr gelingen, und meistens kommt noch ein anderes Mißgeschick hinzu. Trotz Ablenkung begleiten uns immer wieder die gleichen Gedanken: Hätte ich doch nur... Warum habe ich das bloß getan?... Was habe ich falsch gemacht?

Die Zeit heilt Wunden. Doch darauf dürfen Sie nicht warten. Gerade für labile Menschen kann diese Zeit lange – wenn nicht sogar ewig dauern. Denn schließlich müssen Sie nicht das Leben eines anderen, sondern Ihr eigenes gestalten. Ich bin für mich selbst verantwortlich und nicht andere für mich. Das sollte jeder immer wieder bedenken.

Niederlagen dürfen nicht hingenommen werden. Doch ich muß nicht fragen, wie ich sie aus dem Weg räumen kann, sondern wie ich sie am besten lösen kann. Auf keinen Fall darf ich die Hände in den Schoß legen, den Kopf in den Sand stecken und alles auf die lange Bank schieben, sondern muß die Initiative ergreifen und zupacken.

Ralph und Heidi kennen sich schon über ein Jahr lang. Beide hatte es »voll erwischt«, als sie sich trafen. Zuerst sahen sie sich nur an den Wochenenden, bald jeden Tag. Seit einem halben Jahr wohnen sie in einer gemeinsamen Wohnung. Anfangs ist alles neu und schön. Gegenseitig lernen sich beide immer besser kennen. Aber außer ihrer Liebe zueinander nehmen sie nichts anderes mehr wahr. So kommt es, daß Heidi ihre Abschlußprüfung als Floristin nicht besteht und Bernd seine Führerscheinprüfung noch einmal wiederholen muß. Beide blockieren sich gegenseitig, weil sie die Beziehung zu stark ausgeweitet haben und für etwas anderes keine Zeit bleibt. Es geht so weit, daß sie sich gegenseitig die Schuld für ihre miserablen Leistungen in die Schuhe schieben. Ihre Liebe ist in eine Krise geraten. Etwas Neues, Frisches, Belebendes muß gesucht werden. Doch dabei sind sie sich selbst im Wege. Sie sind sogar schon gegenseitig füreinander uninteressant geworden. Wenn sich ihre Beziehung nicht totlaufen soll, müssen sich Ralph und Heidi eigene Interessen (Hobbys) suchen, um neuen Anreiz zu finden.

Und wie steht es mit der Krise, die wohl jeder in seinem Leben durchmacht, der Midlife-crisis? Hier stehen wir zwischen Jugend und Alter und wissen nicht, wofür wir uns entscheiden sollen. Sie kann bis zu zehn Jahre dauern. Wann bin ich alt? Wenn ich das erste graue Haar entdecke? Wenn ich nicht mehr voller Schwung und Tatendrang bin? Oder wenn meine Wehwehchen häufiger werden?

Die Krise ist wirklich beendet, wenn ich mich entscheide und sagen kann: »Ja, ich nehme von der Jugend Abschied, und ich will gern älter werden.«

Wenn gestern noch die Welt in Ordnung war und sie heute einzustürzen droht, weil ich in eine Krise geraten bin, kann ich die Situation dulden, versagen oder eine Entscheidung herbeiführen. Im Moment der Entscheidung wird so viel Kreativität frei, wie man es weder als Außenstehender noch als Betroffener für möglich gehalten hätte. Plötzlich werden Zusammenhänge klar, mir wachsen Kräfte zu, Denkverbindungen herzustellen. Kreativität ist Schöpferkraft, die im täglichen Leben alle Vorurteile weglassen und Augen und Ohren offenhalten kann und darauf zu vertrauen, daß eine Möglichkeit zur Lösung in mir wächst.

In der Krise muß ein Rätsel gelöst werden, das im Moment der mutigen Lösung überhaupt kein Rätsel mehr ist. Es wird klare Wirklickeit, neuerworbenes Territorium, das es zu beleben gilt.

Von außen sind Lebenskrisen nur selten lösbar. Manchmal ändern sich die Konstellationen von allein zum Guten, durch einen neuen Arbeitsplatz, eine Aufgabe im Familienkreis. Im Grunde aber müssen sie persönlich gemeistert werden. Das Problem der Arbeitslosigkeit, das der nicht berufstätigen Mütter, der vorzeitige Einstieg in den Ruhestand, der Kraftverlust durch Alter und Krankheit, das Scheitern einer zwischenmenschlichen Beziehung läßt sich nicht durch Appelle an die Verantwortlichen in Politik und Gesellschaft, Regierung und Wirtschaft lösen. Jeder hat sein eigenes Päckchen zu tragen, aber es auch sorgfältig aufzuknüpfen und zu verarbeiten. Ich kann mein Problem nicht an die Gesellschaft abschieben. Ich muß versuchen, es auf meine Weise zu meistern und zu überwinden. Dazu muß ich wissen, wie Krisen entstehen, wie sie verlaufen, wie ich sie falsch beantworten oder positiv meistern kann.

Konflikte und Probleme sind meistens konkret und begrenzbar. Eine Krise hingegen verläuft häufig, ohne daß wir es zunächst bemerken. Eine Gewohnheit ist entleert, eine Beziehung hat sich festgefahren und totgelaufen, Reserven sind verbraucht, aber an einer anderen Stelle sind neue Entwicklungen oder Bedürfnisse entstanden. Dies alles geschieht nicht von einem Tag auf den anderen, wenn auch nicht ohne Warnsignale, wie eine Stimmung des Überdrusses, eine unerklärliche Angst, was andeutet, daß irgendein Prozeß bald krisenhaft weiterverlaufen könnte. Häufig genug ist es gerade das Wachstum, das in eine Krise führt. Das Bevölkerungswachstum, die Ausweitung der Ressourcen, der Wohlstand, all diese Dinge sind nur begrenzt zu steigern, sonst sind Krisen die Folge.

Um Krisen meistern zu können, müssen wir lernen, sie anzunehmen, sie zuzulassen und sie als Signal zu verstehen. Ich muß mich darin üben, die Abhängigkeit von geliebten Dingen nicht zuzulassen, um freier leben zu können.

Der Depressive muß das Tal seiner Depression durchwandern, ehe er mitten in der Verzweiflung neue Kraft schöpfen und sein Leben neu gestalten kann. Der Angsterfüllte muß statt wegzusehen, auf das, was er fürchtet, hinsehen und sich damit vertraut machen. Nur was ich akzeptiere, kann ich ändern und überwinden. Als mutlos Resignierender muß ich – wenn keine Inhalte mehr gegegen sind – neue Inhalte schaffen – wie hoch ich Ziele stecken mag – vom Hobby bis zum Engagement für den Weltfrieden. Entscheidend ist nur, sich neue Ziele und Aufgaben zu suchen.

Wer Krisen nicht löst, wer der Sehnsucht nach neuem Leben nicht folgt, ist immer in der Gefahr, in den Abgrund der Sucht zu fallen. Sucht ist nur halbe Sehnsucht. Wahre Sehnsucht vermag uns glücklich und unglücklich zugleich zu machen. Sie ist es, die unsere Unvollkommenheit vervollkommnet. Sie sucht das, was uns noch fehlt, den Sonntag im Alltag, den Sonnenschein im grauen Nebel, das Bessere zum Guten, das Absolute zum Relativen, den Himmel zur Erde.

Sehnsüchte können eine Krise herbei- oder aus ihr herausführen. Aber sie führen uns immer in die Grundfragen unserer Existenz. Hier gilt es, alles auf eine Karte zu setzen. Die äußere Wende beseitigt sie nicht, sondern die innere Umkehr überwindet sie: Ich gestalte mein Leben neu, ich beginne, es neu zu sehen. Dieser Moment ist der erste des Lebens, das jetzt vor mir liegt. Es ist nicht der Rest, der mir noch geblieben ist, sondern nur der Kern für alles Neue.

Ich ändere das Vermeidbare – und akzeptiere das Unvermeidbare

Manches im Leben kann sich nicht ändern, dann muß ich mich mit dem Schicksal abfinden. Doch wie oft sagen wir im Leben: »Es ist halt nicht zu ändern.« Wirklich nicht? Oder wollen wir es nur nicht, fehlt uns einfach der Mut. Wir nehmen es als Schicksal hin und zerbrechen womöglich daran. Das muß nicht sein.

Maja ist fünfunddreißig Jahre alt. Eines Tages sagte ihre Tochter zu ihr, sie sähe älter aus als ihre Tante, die gerade vierzig Jahre alt geworden war. Mit einer abweisenden Handbewegung tat sie den Spruch der Zehnjährigen ab, bis Inga es am Abend wiederholte. Für sie war es eine Feststellung, mehr, um sich wichtig zu machen. Jetzt ärgerte sich Maja darüber, weil ihr Ehemann auch nicht gerade das Gegenteil behauptete. Vielleicht sehe ich wirklich älter aus, überlegte Maja bei einem kritischen Blick in den Spiegel. Außerdem habe ich bereits ein paar dritte Zähne. Und schon entdeckte Maja einige winzige Fältchen.

Tage später kam eine Freundin zu Besuch. Auch sie stellte fest, daß Maja blaß und »schlecht« aussah. Mann und Sohn machten noch eine ungeschickte Bemerkung, die zwar im Spaß gesagt wurde, aber Maja tief traf.

Auf dem Tiefpunkt der Krise erwachte ihr alter Ehrgeiz. Sie schaute in den Spiegel und mußte den anderen recht geben. So wie jetzt sah sie tatsächlich mindestens um zehn Jahre älter aus. Am nächsten Tag ging sie zum Friseur, legte sich nicht nur eine neue Frisur, sondern auch eine auffrischende Haarfarbe zu. Dies ließ ihre Lebensgeister erwachen. Am Abend machte sich Maja besonders schick zurecht. Ihr Mann staunte nicht schlecht, war froh, daß sie wieder die alte war, und Inga bewunderte ihre »junge Mutti«. Maja war glücklich, und ihr zweites Leben lag geheimnisvoll vor ihr.

Diese Krise hatte sie überwunden. Sie hatte sich ernst und wurde somit auch von anderen für voll genommen.

Das Leben ist nun einmal ein Lernprozeß, dem wir uns nicht verschließen können und sollen. Die Attraktion einer jeden Niederlage, das Zurückführen auf die auslösenden Momente und der sich stets wiederholende gleiche Verlauf kann dazu führen, daß mit der Auslösung einer Krise gleich mehrere gemeistert werden. Ich übe Selbstvertrauen ein. Wenn ich es an mir erfolgreich erprobt habe, kann ich es auch auf andere übertragen.

Richard hatte ein Verhältnis mit einer um zwanzig Jahre jüngeren Kollegin. Thea, seine Frau, wußte seit einiger Zeit davon und resignierte. Einer Freundin gegenüber klagte sie: »Es ist immer wieder dasselbe, er kann jüngeren Frauen nicht widerstehen. Ich kann mit meinen zweiundvierzig Jahren nichts dagegen tun.« Wirklich nicht? Bevor Thea diese resignierenden Worte sagt, sollte sie sich lieber fragen: »Was habe ich falsch gemacht? Was kann ich tun, damit ich meinen Mann zurückgewinne?« Unvermeidbar ist es nun einmal, daß sie zwanzig Jahre älter ist als die Geliebte ihres Mannes, das muß sie akzeptieren. Aber mit zweiundvierzig steht sie in der Mitte des Lebens. Es ist ja bekannt, daß bei Frauen mit dreißig, vierzig Jahren das Idealalter erst beginnt. Sie sind geistig reif genug, um zu wissen, was sie wollen. Und sie sind körperlich in der Lage, ihre Sexualität voll und ganz auszukosten und zu genießen.

Die Eskapaden von Richard sind also durchaus vermeidbar, wenn Thea sich dieser Tatsache bewußt werden würde. Im Grunde genommen möchte Richard vielleicht, weil er auch schon über vierzig ist, seine Jugend festhalten. Thea kann ihm deutlich machen, würdevoll älter zu werden, indem sie ihre Selbstsicherheit wiedererlangt, sie ausstrahlt und sich bewußt ihrem Alter stellt.

Viele Dinge, die wir als unvermeidbar empfinden, lassen sich durchaus doch aus der Welt schaffen. Uns ist nur ein Leben gegeben. Dieser Gedanke sollte uns die Kraft geben, immer wieder eine Lösung der Niederlagen zu finden.

Wie steht es nun mit dem wirklich Unvermeidbaren? Mit den Dingen, die wir nicht ändern können. Wir beklagen denjenigen, der durch den Tod von uns gegangen ist, aber die wahren Leidenden sind doch die Hinterbliebenen. Für einen alten Mann ist es genauso schwer, wenn seine Frau nach vierzigjähriger Ehe stirbt, wie für eine junge Frau, deren Mann und Vater von zwei kleinen Kindern durch einen Unglücksfall ums Leben kommt. Der alte Mann wird daran zerbrechen, und die junge Frau ist keine Stütze für die Kinder, die gerade jetzt auch Trost und Ermunterung brauchen.

In einem solchen Fall ist es besser, die unvermeidbare Niederlage als Schicksal zu akzeptieren, weil es nicht mehr zu ändern ist.

Nach dem Zweiten Weltkrieg hatten Tausende von Flüchtlingen ihr Hab und Gut durch Vertreibung und Flucht verloren. Manche haben sich bis heute nicht von ihrem Verlust erholt, sind daran zerbrochen. Andere wiederum haben zugepackt, um sich eine neue Existenz aufzubauen.

Überall in den Kriegs- und Hungergebieten dieser Erde sterben täglich viele Menschen und werden Familien auseinandergerissen. Aber immer wieder finden die Zurückgelassenen einen Halt, um weiterzuleben. Unermüdlich bauen sie ihre Hütten wieder auf oder flüchten, um an einem anderen Ort ein neues Leben zu beginnen.

Eine Niederlage meistere ich, indem ich »ja« zu ihr sage. Es ist manchmal schwer, und dennoch ist unser Leben immer wieder einen Versuch wert. Es gibt nichts Bleibendes, nur was wir haben, können wir verlieren.

Je schwerer mir jede Art von Abschiednehmen fällt, desto näher bin ich an dem Punkt angelangt, an dem ich an die Umkehr denken muß. Dazu bin ich hart zu mir selbst. Ich zügele sehnsüchtige Erwartungen, streiche ungerechtfertigte Wunschvorstellungen und arbeite schmerzhafte Erinnerungen bewußt auf. So werde ich genügsam, nachdenklich und mache mich innerlich frei.

Um glücklich zu werden, muß unser ganzes Leben von wiederholten Impulsen und erneuten Aktivitäten begleitet werden. Nur so kann es eine Vollendung und Ganzheit werden.

Ich überwinde meine Lage – oder mich

»Meine Schwiegermutter ist nun schon seit drei Wochen bei uns, und ein Ende ist nicht abzusehen« klagt Sabine ihrer Freundin. »Ich weiß nicht einmal, ob es ihr wirklich so schlecht geht, wie sie vorgibt. Jedenfalls will sie vorerst nicht in ihre Wohnung zurück. Täglich gibt es Reibereien. Sie will nicht nur mir Vorschriften machen, auch in die Erziehung der Kinder mischt sie sich ein. Lange halte ich diesen Zustand nicht mehr aus.« Die nächsten Tage schleppten sich zäh dahin. Die Spannung innerhalb der Familie war kaum noch zu ertragen. Sabine drängte Wolfgang, eine Entscheidung wegen der Anwesenheit seiner Mutter herbeizuführen. Aber er stand hilflos der Situation gegenüber, weil er niemanden verletzen wollte.

Auf dem Tiefpunkt dieser Krise angelangt, wußte sie, daß sie das Schicksal selbst in die Hand nehmen mußte. Irgend etwas war falsch gelaufen. Sie mochte ihre Schwiegermutter nicht vor die Tür setzen, das war ihr klar. Ihr blieb nur die Möglichkeit, ihre Lage auf eine Weise zu ändern, daß sie zum Positiven für alle verlaufen mußte.

In einem langen Gespräch zwischen den beiden Frauen gab die alte Dame dann schließlich zu, daß sie nicht krank, aber vielmehr einsam war. Sie wollte gebraucht werden, dazugehören, Familienanschluß haben.

Sabine braucht ihre Situation, nachdem sie sich mit ihrer Schwiegermutter ausgesprochen hat, nicht mehr zu ändern. Die alte Dame wird ins Familienleben mit einbezogen, hält sich aber aus der Erziehung der Kinder und aus manchen anderen Dingen gern heraus. Auch Sabine hat eingesehen, daß sie sich ändern mußte. Warum sollte ihre Schwiegermutter ihr nicht bei der Wäsche helfen? Warum soll sie nicht einmal das Essen kochen, damit Sabine in Ruhe ihre Einkäufe erledigen kann?

Sabine hätte ihre Situation auch anders bewältigen können, indem sie ihren Mann vor die Wahl gestellt hätte: Entweder verläßt uns deine Mutter oder ich dich. Doch wäre sie wirklich zufrieden und glücklich geworden, wenn sie in diesem Kampf die Gewinnerin gewesen wäre? Außerdem hätte sie nie erfahren, daß ein Leben mit ihrer Schwiegermutter auch angenehm sein kann. Beide Frauen hatten wegen gegenseitiger Vorurteile ein Zusammenleben blockiert.

Ich kann eine unangenehme Lage auch dadurch ändern, daß ich zurückstecke und mit dem Rest, der mir verbleibt, mein Leben erfolgreich gestalte.

Der Besitzer einer Ladenkette bemerkt zurückgehenden Umsatz und entschließt sich rechtzeitig, einige seiner Geschäfte aufzugeben. Er will sich mehr auf die übrigen konzentrieren, verleiht ihnen mehr Ausdruck und erlebt neuen Aufschwung, ehe das Ganze unrentabel wird und völlig auseinanderbricht.

Eine Frau, die seit sechs Jahren Witwe war, verkaufte ihr Reihenhaus und nahm sich eine kleinere Wohnung mit einem kleinen Stück Gartennutzung. Sie hatte rechtzeitig erkannt, daß sie das große Grundstück nicht mehr bewältigen konnte und freut sich nun an ihrem kleinen Garten, den sie zu ihrem Hobby gemacht hat. Ein rechtzeitiger Rückzug ist ehrenvoll und würdig.

Niederlagen enthalten immer die Gefahr, daß wir am Sinn des Lebens zu zweifeln beginnen. Wenn wir eine vertraute Lage, in der wir unseren Standpunkt und unsere Identität hatten, aufgeben müssen, erleben wir dieses nicht nur als Sinnverlust, sondern sogar oft als existenzielle Bedrohung. Das kann das ganze Lebensgefühl und sämtliche Beziehungen beeinflussen. Aktivität erscheint sinnlos, Verwandte und Freunde bedeuten nichts mehr, vor allen Dingen dann, wenn sie sich nicht um uns kümmern. Unser Leben verliert an Farbe und Leuchtkraft, unsere Vitalität wird abgebaut. Die Folge: Wir fühlen uns schlaff und krank und – schlimmer noch – hoffnungslos und überflüssig. Wir sehen keinen Ausweg mehr.

Der Sinn des Lebens muß wiedererlangt werden, indem ich Niederlagen überwinde. Dazu muß ich Einzelnes in Ganzes einordnen und mit Würde versehen. Dann kann ich Menschen und Dinge als wertvoll erleben und lieben.

Eine gelernte Kindergärtnerin, die seit fünf Jahren aus ihrem Beruf ausgeschieden ist, findet in ihrem erlernten Beruf keine Anstellung mehr. Da sie aber auf einen Verdienst angewiesen ist, nimmt sie eine berufsfremde Stelle als Phonotypistin an. Da sie anfangs kaum Erfolge verbuchen kann, tut sie das noch als Anfangsschwierigkeit ab. Doch mehr und mehr leidet sie unter der Streßsituation, der sie nicht gewachsen ist. Der morgendliche Gang zur Arbeit gleicht bereits einem Alptraum, der ihr Kopf- und Magenschmerzen verursacht. Sie kommt sich bald nutzlos vor, verzweifelt an ihren Kräften, ihren Fähigkeiten und am Leben selbst, wenn sich nichts an dieser Situation ändert. Soviel Mühe sie sich auch gibt, diese Arbeit wird sie nie zu ihrer und anderer Zufriedenheit ausüben können. Wie gelähmt sitzt sie oft im Büro und droht, in Lethargie zu verfallen.

Schließlich überwindet sie diese Lage, indem sie ihren eigentlich gut bezahlten Job aufgibt, ehe sie daran zerbricht. Diese Kindergärtnerin konnte sich selbst nicht ändern, obwohl sie es immer wieder versucht hat. Deshalb mußte sie ihre Lage ändern. Nach einer längeren Durststrecke fand sie eine neue Arbeit. In einem Pflegeheim betreut sie alte und kranke Menschen. Zwar hat sie immer noch nicht wieder etwas mit kleinen Kindern zu tun, was sie gern getan hätte, doch sie ist wieder unter Menschen, das ist ihr ebenfalls wichtig. Ihr Leben und ihre Kräfte ordnen sich um ein Ziel herum. Der Neuanfang ist zumindest begonnen, das Scheitern abgewendet. In diesem Sinne hat sie ihre Niederlage überwunden.

Ich bejahe Verluste – und erkenne Chancen

In eine Verlustkrise, aus der es scheinbar keinen Ausweg mehr gibt, geraten wir paradoxerweise um so tiefer, je selbständiger wir das Verlorene zu unserem Leben gehörig empfinden, ihm nicht die nötige Aufmerksamkeit widmen, wodurch der Verlust, wenn nicht verursacht, so aber beschleunigt wird.

Die Fähigkeit, Verluste gleich welcher Art einzukalkulieren, scheint uns verlorengegangen zu sein. Wir sind auf Gewinn programmiert, ob es am Roulette-Tisch ist, in der Liebe, an Besitz und Macht, an Reife und Gesundheit bis ans Lebensende. Das verbundene Risiko wird in seinem Wesen geleugnet und gefahrvoll überzogen bis zum großen Knall, vor dem wir jedoch Angst haben.

Nichts fürchten wir so sehr wie Verkleinern, Verkürzen, Verringern. Wachstum heißt die Zauberformel. So übertünchen wir oft alle kleinen und größeren Verluste, anstatt sie zu verstehen und nähern uns dem großen, nicht wiedergutzumachenden Verlust an Realität.

Ein zerbrochener Krug, ein verunglücktes Auto, ein abgetragenes Kleid, unmodernes Mobiliar kann ich ersetzen; ja sogar eine Sekretärin, einen Freund und auch den Ehepartner. Daran sind die Menschen gewöhnt, wir stürzen erst dann, wenn wir selbst ersetzt werden sollen. Weil wir das Risiko nicht kalkulieren, wirft es uns aus der Bahn. Wie können wir auf den Boden der Tatsachen zurückkehren? – Nur durch Übung!

Nehmen wir folgendes Beispiel: Am späten Abend lese ich ein spannendes Buch. Plötzlich zieht ein Gewitter auf, so stark, daß der Strom ausfällt. Ich bin sehr verärgert, weil ich dieses Buch noch bis zum Schluß lesen wollte.

Will ich meiner Hilflosigkeit unverhofften Verlusten gegenüber Herr werden, schaffe ich das nur durch demütiges Zurücknehmen und Dienen an der Gesamtheit. Einseitige Forderungen lassen uns geschwächt und krank werden. Ich muß also mein Vorhaben stets mit der Erwartung angehen, es sowohl gewinnen als auch verlieren zu können. Nur wenn wir bewußt Erinnerungen, Mißerfolge, Verluste oder Schmerzen verarbeiten, statt sie schamhaft unter Verschluß zu halten, werden wir mit ihnen fertig.

Es zeigt sich immer wieder: Menschen, die schwere körperliche Verletzungen, Lähmungen oder Blindheit ertragen, können anderen Vorbilder an Mut und Lebensfreude sein. Sie haben aus dem Verlust Kraft gezogen, statt die Flucht anzutreten.

Verluste zu bejahen und Chancen zu erkennen, besteht darin, daß ich den leeren Krug nicht durch einen neuen ersetze, meinen Partner nicht dadurch abwerte, indem ich mir einen anderen suche. Der Verlust muß auf mich wirken, indem ich etwas anderes würdiger behandele. Einer neuen Niederlage komme ich in Selbstbescheidenheit zuvor, indem ich mir darüber Gedanken mache, wie wohl mein Leben ohne Licht, Sonne, frisches Grün, ohne das große Angebot an Lebensmitteln und Getränken aussehen würde.

In schweren Verlustkrisen und Niederlagen bleibt uns oft keine andere Wahl. Es geht der als Sieger daraus hervor, der Verluste erträgt. Es ist wichtig, stets etwas für sich zu behalten, sei es an Ergebenheit, Liebe, Sehnsucht, Anhänglichkeit, Begehrlichkkeit oder Ehrgeiz, damit man nicht enttäuscht wird und ein Neubeginn jederzeit möglich ist.

So sind manche Verluste oder Niederlagen sogar hilfreich für uns Menschen. Wir erhalten die Chance, Umbrüche im bisherigen Leben zu bewirken.

Annemarie verlor ihren Mann, als sie sechzig Jahre alt

war, durch einen tragischen Unglücksfall. Ihre beiden Kinder wohnten mit ihren Familien in einem weiter entfernten Ort. Zu ihnen wollte Annemarie nicht ziehen. Freunde, Bekannte, die große Wohnung, nein, das alles wollte sie nicht aufgeben. Trotzdem fühlte sie sich einsam, ging bald kaum noch unter Menschen und kreidete es ihren Kindern an, daß sie sie nicht jeden Sonntag besuchten.

»So kann es mit dir nicht weitergehen, du brauchst eine Aufgabe, die dich ausfüllt«, rät eines Tages eine Freundin. »Ich habe während meiner Ehe mit Alfred nicht arbeiten müssen, er hat gut für mich gesorgt. Auch jetzt geht es mir finanziell gut. Warum soll ich jetzt mit sechzig Jahren noch einen Beruf ausüben?« war darauf Annemaries Antwort. »Nein, du hast es nicht nötig gehabt, aber andere würden viel darum geben, ein wenig Geld dazuzuverdienen. Hast du nicht Lust, jemandem dabei behilflich zu sein?« wollte ihre Freundin wissen.

Heute ist Annemarie froh, daß sie – natürlich nach anfänglichem Zögern – auf das Angebot eingegangen ist. Sie betreut die zweijährige Maren, die allein mit ihrer Mutter im Nachbarhaus wohnt. Annemarie hat das Gefühl, fast noch einmal jung zu werden bei dem fröhlichen Kind, das sie schon wie ihr eigenes Enkelkind in ihr Herz geschlossen hat. Die Mutter dankt es ihr durch gelegentliche Einkäufe, die sie für Annemarie tätigt oder hier und dort eine kleine Aufmerksamkeit.

Der schmerzliche Verlust ihres Mannes hatte Annemarie zu sich selbst finden lassen, hatte ihr Halt und die Selbständigkeit gegeben, die ihr Alfred in der Ehe abgenommen hatte. Zu sich selbst finden, heißt vor allem auch, weder dem Gestern nachzutrauern, noch der Zukunft vorauszueilen, sondern den Augenblick, der sich jetzt gerade bietet, zu nutzen.

Ich werde älter und erfahrener

Ich lebe im Augenblick – und bleibe darin jung

Die heute verbreitete Angst vor dem Älterwerden – wir alle möchten alt werden, aber nicht alt sein – ist verständlich, denn noch nie waren alte Menschen so in Pflegeheime, also ins Abseits des Lebens gedrängt wie in unserer Zeit. Unter dem Begriff »Alter« verstehen die meisten jungen Menschen Abbau, Krankheit, Verfall, Verkalkung, Einsamkeit, Starrsinn, Hilfsbedürftigkeit und Sterben.

Erst auf den zweiten Blick kommt uns das Alter wie Freizeit, Sorglosigkeit, Frieden, Glück, Freiheit, Interessen, Reisen und auch Liebe vor. Es ist also notwendig, ein neues Verständnis für das Alter zu entwickeln. Mit fünfundsechzig Jahren ist das Leben noch längst nicht ausgelebt. Ich muß das Alter nicht fürchten, wenn ich bewußt darauf zugehe. Zum einen sehe ich es positiv, zum anderen bereite ich mich richtig darauf vor.

»Heinrich, bist du es?« ruft Martha aus der Küche, als die Wohnungstür aufgeschlossen wird. »Wir können gleich essen. Ich warte schon eine ganze Weile.« Während des Essens erzählt Heinrich seiner Frau, daß er am Nachmittag zu einem Bekannten gehen und ihm wegen einiger amtlicher

Angelegenheiten behilflich sein will. Er schlägt Martha vor, diesen Weg zu einem gemeinsamen Spaziergang auszunutzen.

Seit zwei Jahren ist Heinrich Pensionär. Bis dahin hatte er in der Verwaltung der Stadt gearbeitet. Heute übt er diese Tätigkeit als Hobby aus, um hier und dort jemandem Unkundigen mit Rat zur Seite zu stehen. Außerdem hat er ein Ehrenamt im hiesigen Sportverein übernommen und führt dort die Bücher.

Martha hat zwar manchmal Bedenken, daß ihm all diese Dinge über den Kopf wachsen könnten, weil Heinrich in seinen Ehrenämtern voll und ganz aufgeht, doch andererseits ist sie froh, ihn so glücklich zu wissen. Mit seinen fünfundsechzig Jahren fühlt er sich sogar noch jung genug, mit seinem Sohn, der sie kürzlich mit seiner Familie besuchte, eine Radtour zu machen. Wenn ihn Martha ermahnt, sich nicht zu überanstrengen, meint er nur lachend: »Was sind schon fünfundsechzig Jahre, ich fühl' mich höchstens wie fünfzig. Ich genieße das Leben wie lange nicht mehr.« »Stimmt«, gab Martha ihm recht. Die Sorgen um die Kinder, die Ausbildung, finanzielle Probleme, das alles war nun überstanden. Die Kinder waren versorgt und hatten Heim und Familie. Heinrich und Martha konnten auf ein bewegtes Leben zurückblicken, aber es jetzt erst richtig genießen. Vor dem Alter hatten beide keine Angst. Warum auch? Sie hatten sich rechtzeitig darauf vorbereitet.

Davon hängt manches ab. Viele Menschen schieben den Rest des Lebens so lange wie möglich vor sich her. Erst in den letzten Jahren vor Erreichen des Ruhestandes darf man sie darauf ansprechen. Eine positive Einstellung und Grundwertung ist jedoch nur dann möglich, wenn ich auf mein Alter sehenden Auges bewußt und planend zugehe. Verdrängen kann ich es nicht. So muß die positive Voreinschätzung mit ebenso positiver Vorbereitung Hand in Hand gehen.

»Was man in der Jugend wünscht, hat man im Alter in Fülle«, sagte schon Goethe. Sicher hat er damit Freiheit und Muße gemeint. Aber diese Freiheit kann ich nur genießen, wenn ich mich schon von Jugend an damit vertraut gemacht habe.

Unser Leben besteht aus drei Phasen: der des Kindes, in der wir aus der Welt der Erwachsenen ferngehalten werden. Später dann müssen wir lernen, Verantwortung zu übernehmen mit Verpflichtungen und Zwängen. Und schließlich geraten wir in die Phase des Älterwerdens, in der auch der gesicherte Lebensstandard, der Lebensstil des freien, mündigen Menschen neu eingeübt werden muß.

Die sechsundsechzigjährige Elisabeth, seit zehn Jahren Witwe, packt nun schon zum vierten Mal ihre Koffer, um mit einer Reisegesellschaft eine Busfahrt zu unternehmen. Ihre Rente und einen Teil der Lebensversicherung ihres Mannes, die er als Altersversorgung abgeschlossen hatte, machen es ihr möglich, sich noch einmal in der Welt umzusehen. Solche Reisen, überhaupt ein Urlaub, waren früher nicht möglich. Sie hatten für ihre Kinder das Haus gebaut, das sie sich jetzt mit ihrer Tochter und deren Familie teilte. Streß, Verantwortung und finanzielle Sorgen sind von ihr gewichen. Sie genießt ihr Alter und ist glücklich dabei.

Im Grunde hat jedes Alter seine Jugend. Das Leben findet im Augenblick statt und ist in jedem Stadium auf die Dimension der Zukunft hin geöffnet. Im Alter darf ich nicht ständig heute mit früher vergleichen. Höchstens, um mich zu erinnern, daß ich selbst als Jugendlicher auch nicht so anders war. Auch junge Menschen werden einmal alt und erfahren, auch ohne eigenes Zutun. Von jungen Leuten können wir sogar manchmal etwas lernen und annehmen, denn die Zeit hat sich gewandelt. Dann wird sich auch der Jüngere hier und dort etwas sagen lassen.

Jung und alt brauchen einander und sollten sich bewußt für Beziehung und Kontakt miteinander entscheiden. Nichts ist schlimmer und deprimierender als Isolation und Beziehungsunfähigkeit. Zum Glück gibt es heute schon viele Einrichtungen, in denen sich alte Menschen noch aktiv und wohl fühlen können. Überall veranstalten Kirche und andere Institutionen Seniorentreffpunkte, in denen gehandarbeitet, gebastelt, Karten gespielt oder sogar Sport getrieben wird. Auch werden Kaffeefahrten angeboten, Ersatz-Omis gesucht und dergleichen.

Damit das Alter nicht eine Zeit der Einsamkeit und Depressionen wird, sollte sich jeder älter werdende Mensch frage, was er von dieser Lebensphase erwartet und welche Voraussetzungen er dafür mitbringt. Nur so verschafft er sich Klarheit und kann beruhigt sein über das, worüber er noch verfügt und ergänzen, was ihm noch fehlt.

Nichts wäre also falscher, als für das Alter geistigen Stillstand oder gar Abbau als natürliches Schicksal anzunehmen. Viele geniale Menschen beweisen zudem, wie der menschliche Geist oft erst im späten Alter zu seiner höchsten Entfaltung kommt: Platon schrieb mit 80 Jahren seinen schönsten Dialog, Goethe war bereits zweiundachtzig, als er den zweiten Teil des »Faust« beendete. Picasso malte mit neunzig so schaffensfreudig wie seine Kollegen Chagall und Kokoschka, die immerhin auch schon über achtzig Jahre alt waren.

Eine pensionierte Krankenschwester hat es sich zur Aufgabe gemacht, alte und behinderte Menschen zu betreuen, indem sie für sie Einkäufe erledigt, in der Wohnung hilft oder ihnen einfach hin und wieder Zerstreuung bietet.

Jeder Mensch – gerade wer ein langes Berufsleben hinter sich hat – hat das Bedürfnis, gebraucht zu werden und für eine Sache oder für einen Menschen dazusein. Nur wer diese Gewißheit hat, kann sein Leben in jedem Alter genießen. Denn daraus ergibt sich der Wert für jeden einzelnen.

Ich lerne Abschied nehmen – und fange immer neu an

Es mag für manche Menschen ein schwerer Gang sein, nach einem vierzigjährigen Berufsleben aus dem Kollegenkreis scheiden zu müssen. Wenn noch die Worte des Dankes vom Chef in den Ohren klingen, wenn man am letzten Arbeitstag bepackt mit Blumen und guten Wünschen nach Hause kehrt. Wie viele Rentner überkommt Wehmut und Trauer, Gedanken, daß sie jetzt zum sogenannten »alten Eisen« gehören könnten.

Ja, Abschied habe ich genommen, wenn ich in Pension gehe, aber nur Abschied vom Beruf, doch noch lange nicht damit vom Leben. Traurig muß ich schon lange nicht sein, denn der tägliche Streß ist von mir gewichen. Ich muß nicht jeden Morgen pünktlich zur Arbeit erscheinen, kann mir statt dessen meinen Tag einteilen, wie es mir gefällt. Wozu der Alltag des Arbeitslebens mir keine Zeit ließ und worauf man sich vielleicht ein ganzes Leben lang gefreut hat. Das läßt sich nun im Alter bei entsprechender Vorbereitung und bei planvollem Vorgehen eventuell verwirklichen.

In zahlreichen Freizeitgruppen und Hobbyvereinen begegnen und vertragen sich Menschen aller Schichten, Einkommens- und Bildungsstufen. Allerdings ist eine jetzige Gelegenheit zum Ausgleich von Bildungslücken bei manchen Menschen auch nur relativ. Ein älterer Mensch, der bisher handwerklich tätig war, wird nicht ohne große Mühe das Abitur bestehen können. Ein ganzes Leben geistiger Tätigkeit kann man in wenigen Jahren nicht aufholen.

Trotzdem aber kann ich mich in jedem Alter weiterbilden. Wichtig ist dabei, daß das Alter nicht als prinzipielle Abbauphase und biographische Sackgasse angesehen wird. Jede Lebensphase hat ihren eigenen Sinn und ihre eigene Wertigkeit, auch ihre eigene Jugend. Jugend ist niemals an Jahre gebunden, sie ist zwar vom Morgen des menschlichen Lebens genommen. Aber nicht für jeden, der ihn durchlebt, ist wahre Jugend damit verbunden.

»Daß ich das noch erleben kann!« Max strahlt beim Anblick auf die Ruine eines griechischen Tempels. Erna drückt fest seine Hand, weiß sie doch, wie sehr sich ihr Mann für die griechische Kultur interessiert. Wie viele Bücher Max studiert hatte, konnte sie nicht sagen. Diese Reise war für Max der Höhepunkt, den sie ihm gönnte. Tatsächlich auf den Spuren derer zu wandeln, wovon Sagen und Geschichten erzählten, konnten sich Max und Erna erst in ihrem Pensionsalter leisten. Als Max vor zwei Jahren aus dem Berufsleben ausschied, nahm er sich viel Zeit für sein Hobby. Er besuchte einen Kursus an der Volkshochschule, um sich weiterzubilden.

Einen neuen Anfang können wir immer wagen.

»Du willst wirklich noch einmal heiraten, Mama?« Heike war sprachlos, als sie von den Plänen ihrer Mutter erfuhr. Charlotte war achtundfünfzig und seit gut fünf Jahren Witwe. Vor zwei Jahren lernte sie bei einer Bekannten Hubert kennen, einen fünfundsechzigjährigen Pensionär. Sie trafen sich bald häufiger. Auch Hubert lebte allein. So kam es, daß Charlotte immer öfter für ihn kochte, wusch und ihm bald den Haushalt führte. Aus diesem Grunde zogen beide in eine gemeinsame Wohnung. Dagegen hatte die verheiratete Tochter Charlottes auch nichts einzuwenden gehabt, aber heiraten? Nein, das konnte sie nun doch nicht verstehen.

»Warum nicht?«, fragte Charlotte, »du bist versorgt, hast eine Familie, was aber habe ich? Mit achtundfünfzig Jahren fühle ich mich noch nicht zu alt für eine neue Ehe. Im Gegenteil, ich werde richtig jung dadurch.« Charlotte ließ sich durch nichts von ihrem Entschluß abbringen.

Warum auch? Die Zeit für ein kurzes Abenteuer oder Strohfeuer war vorüber. Das alles kann in jungen Jahren genossen werden. Von ihrer Jugend hatte Charlotte Abschied genommen. In ihrem Alter wünscht man sich eine echte, tiefe Partnerschaft, so wie sie sie mit ihrem verstorbenen Mann gelebt hatte. Denn auch ältere Menschen müssen nicht unbedingt von Krankheit und Schmerz beeinträchtigt sein. Der körperliche Abbau geht vielmehr friedlich vonstatten. Hier entscheidet eigene Einstellung über die Verarbeitung, weniger die Tatsache, über Glück und Leid.

Altern ist ein vielschichtiger Prozeß. Ähnlich wie man unter Jugend ein niedriges Alter, wie auch die eigene Jugendlichkeit verstehen kann, ist das Alter bzw. der Prozeß des Alterns nach biologischen, psychologischen und sozialen Aspekten zu trennen. Der Mensch ist nicht unabänderlich an den Verlauf der Jahre gebunden. Durch Ernährung, Lebensführung und Lebensschicksal sind erhebliche individuelle Variationen möglich. Bei rechtzeitiger Einstellung auf den biologischen Alterungsprozeß, der ja nicht nur Abbau, sondern auch im Zellenaufbau besteht, bei gesunder Lebensführung kann man das Lebensalter der meisten Menschen nicht nur verlängern, sondern auch die Gesundheit und Rüstigkeit bis ins hohe Alter erhalten.

Schon aus diesem Grunde lohnt sich ein Neuanfang, sei es in einer neuen Partnerschaft, durch Bildung, körperliche Betätigung, die einem Spaß und Freude bereiten.

Aufgrund der Tatsache, daß sich in unserer Zeit in der Wirtschaft, der Technik und im Verkehrswesen so vieles schnell ändert, ist es nicht zu vermeiden, ständig dazuzulernen. Wer nicht ständig auf dem laufenden ist, wird sich bald überhaupt nicht mehr zurechtfinden können. Das ständige Wachstum fordert alte Menschen zu einer Anpassung heraus.

Nun wird ein älterer Mensch, der bis zu seiner Pensionierung geistig tätig gewesen ist, das letzte Stadium seines Lebens damit verbringen können, sich weiter auf diesem Gebiet zu beschäftigen. Er wird Bücher lesen, vielleicht sogar selbst schreiben, Bildungsreisen oder dergleichen unternehmen.

Wie aber verbringt jemand die freie Zeit, der bis zum Rentenalter als Handwerker, Bäcker oder Kraftfahrer gearbeitet hat, kein eigenes Haus mit Garten besitzt, in dem er sich beschäftigen könnte?

Während der Berufstätigkeit sollte zum Beispiel ein Bildungsurlaub für ältere Arbeitnehmer als Vorbereitung für neue Möglichkeiten nach der Pensionierung vorausgehen. Denn gerade diejenigen, die körperlich ein ganzes Leben lang gearbeitet haben, werden sich schwer tun, die Hände in den Schoß zu legen.

Freizeit wird immer noch viel zuviel als eine kompensatorische und regenerative Funktion für die Berufswelt angesehen. Sie muß aber als ein Eigenwert betrachtet werden, in dem Bildungschancen gegeben sind und neue Anfänge gemacht werden können. Erst dann haben wir die Möglichkeit, ein eigenes Freizeitverständnis für das Alter zu entwikkeln. So kann ich lernen, von einem Teil Abschied zu nehmen, um mich auf einen anderen Anfang neu zu konzentrieren.

Ich nutze meinen Vorsprung – und lerne immer dazu

»Hallo Opa«, begrüßt Jürgen seinen Großvater, der liebevoll die Rosen im Garten pflegt. Der siebzehnjährige Jürgen besucht seinen Großvater, sooft es geht. Er unterhält sich gern mit ihm, weil er viel zu erzählen weiß. Der achtundsiebzigjährige rüstige Rentner war vor seiner Pensionierung als Bahnbeamter tätig. Schon als kleiner Junge hat Jürgen stundenlang mit ihm und der Eisenbahn gespielt.

»Schön habt ihr beide es hier draußen!«, meint Jürgen, als sie alle drei auf der Terrasse den selbstgebackenen Kuchen der Großmutter probieren.

Jürgen geht auf das Gymnasium und will im nächsten Jahr sein Abitur machen und am liebsten Ingenieur werden. Sein Großvater staunt jedesmal, wenn Jürgen erzählt, was heutzutage in der Schule verlangt wird. Und obwohl er eigentlich sein Leben lang durch viele Lehrgänge und Seminare dazugelernt hatte, ist er auch heute noch sehr wißbegierig. Beide ergänzen sich großartig. Der Großvater kann aus Erfahrung so manches erzählen, was in keiner Schule gelehrt wird und doch ungeheuer wichtig ist im Leben.

Jedes Alter hat ja seine eigene Jugend. Die Zahl der Jahre mag für einen älteren Menschen geringer sein, aber über die Qualität dieser Jahre, ihre Erfüllung und ihre Bedeutung entscheidet jeder für sich ganz allein. Darum lohnt es sich, jeden Tag neu zu lernen, das Leben immer wieder neu zu gestalten, ihm neue Inhalte und neuen Sinn zu geben.

Der alternde Mensch lernt vielleicht nicht mehr so rasch wie ein jüngerer, aber dafür kann er auf ein Leben mit Erfahrung und Lernen zurückblicken, was ihm zugute kommt. Das Vorurteil, mit zunehmendem Alter würde außer dem Abbau des Intellekts die Fähigkeit verringert, sich

Ereignisabläufe und Zusammenhänge zu merken, ist bereits widerlegt worden. Auftretende Gedächtnisschwächen hängen in vielen Fällen mit Hörschwäche, Sehschwäche, Unaufmerksamkeit oder zu schnellem Lerntempo zusammen. Der deutsche Psychologe Dr. Baltes erreichte sogar durch konzentriertes Training der Gehirntätigkeit bei Frauen zwischen fünfundsechzig und achtzig Jahren eine Steigerung der Leistungen um fünfunddreißig Prozent.

Es ist also völliger Unsinn, für das Alter geistigen Stillstand oder gar Abbau als natürliches Schicksal anzunehmen und zu meinen, daß ein Mensch nun die sechzig Jahre ausgelernt habe.

Viele geniale Menschen beweisen ja, wie der menschliche Geist oft erst im späten Alter zu seiner höchsten Entfaltung gelangt. So sagte der Komponist Auber, als er mit siebenundachtzig Jahren seine letzte Oper schrieb: »Ich bin nicht achtzig, sondern viermal zwanzig Jahre alt.«

Die achtundsechzigjährige Krankenschwester Hilde beginnt eine neue Phase ihres Lebens, indem sie zu einer Missionsstation nach Afrika geht. Dies war schon immer ihr Wunsch gewesen. Doch da sie ihren Mann viel zu früh nach einer schweren Krankheit verlor, mußte sie ihre Tochter fortan allein großziehen und ihre eigenen Wünsche zurückstellen. Als diese heiratete und in eine weit entfernte Stadt zog, stand Hildes Traum nun nichts mehr im Wege. Zum einen wußte sie, daß sie dort gebraucht wurde, Ihre Kenntnisse und Fähigkeiten, die sie während ihres langen Berufslebens im Krankenhaus erworben hatte, konnte sie hier gezielt einsetzen. Andererseits sah sie die Möglichkeit, in ihrem Alter sogar noch etwas dazuzulernen.

Menschen, die ihr ganzes Leben lang einen Beruf ausgeübt haben – ganz gleich, ob geistiger oder körperlicher Art – haben doch letzten Endes für ihr Leben und nicht nur für den Beruf gelernt. Irgendwann hört das Berufsleben auf, dann warten neue Aufgaben auch mich. Das Problem der dann zur Verfügung stehenden freien Zeit bewältige ich rechtzeitig, und zwar Schritt für Schritt. Denn für alle – auch Selbständige – kommt einmal der Tag, an dem sie abgeben, zurücktreten und den Jüngeren das Feld überlassen müssen. Spätestens dann, wenn die Kinder erwachsen geworden und selbständig sind, muß ich damit beginnen, mich auf mein Alter vorzubereiten. Und es warten, wenn ich es recht verstehe und anzufangen weiß, noch viele bedeutsame Aufgaben auf mich.

Professor Königsfeld, Freiburg, hat ein gutes Rezept, sich im Alter durch alles anregen, aber durch nichts aufregen lassen soll:

Wer als junger Mensch von zwanzig Jahren täglich eine Stunde seiner Freizeit geistigen Interessen gewidmet hat, der solle sich mit vierzig doppelt soviel Zeit nehmen, um seinen Horizont zu erweitern. Mit fünfzig sollte man die Hälfte seiner Freizeit neuen Ideen und neuen Interessen widmen.

Für viele mag der Eintritt in den Ruhestand erstrebenswert sein. Vor allem für diejenigen, die lebenslang zu wenig oder gar keine Zeit fanden, ihre Neigungen und Wünsche zu erfüllen. Gerade die ältere Generation, die durch Kriegsjahre viele Entbehrungen auf sich nehmen mußte. Manch einer ist sicher darunter, der lieber studiert oder einen anderen Beruf als seinen erlernt hätte. Sie alle haben jetzt Zeit, ein zweites erfülltes Leben zu beginnen. Wenn diese Zeit gut und rechtzeitig vorbereitet wird, kann sie uns für viele entgangene Wünsche entschädigen. Denn es ist niemals, in keinem Alter zu spät, noch einmal etwas Neues zu beginnen.

Ich habe Zukunft – und gebe die Hoffnung nicht auf

»Solange noch Hoffnung besteht, ist noch nichts entschieden«, sagt ein Sprichwort. Hoffen sollen wir unser ganzes Leben lang, auch wenn es manchmal schwerfällt. Wie habe ich sonst eine Zukunft?

Den Krieg konnten Millionen Menschen nur überleben, weil sie die Hoffnung nie aufgaben, wieder in Frieden zu leben. Der Soldat hoffte auf die gesunde Heimkehr, hielt sich dafür so gut es ging körperlich und geistig fit. Vielen gelang es tatsächlich nach langen Jahren des Krieges und der Gefangenschaft, nach einer langen Flucht zu Fuß, in der Heimat ihre Lieben wiederzusehen. Ist diese Tatsache nicht schon allein Grund genug, niemals die Hoffnung aufzugeben?

Karl ist seit zwei Monaten im Ruhestand. Unruhig irrt er den ganzen Tag in den eigenen vier Wänden der kleinen Wohnung umher. Pünktlich um sechs Uhr morgens steht er auf, weil er es immer getan hat und nicht mehr schlafen kann. Schon beim Frühstück denkt er: Was für ein langweiliger Tag liegt wieder vor mir? Seine Frau hat ihre Arbeit im Haushalt, die sie ausfüllt. Selbst wenn er ihr hier und da zur Hand geht, für sie einkauft; doch das alles kann eine über vierzigjährige berufliche Tätigkeit nicht ersetzen.

Unglücklich sagt er zu ihr: »Ich bin zu nichts mehr nütze. Wer will mich schon noch? Ich bin nicht dazu geboren, den ganzen Tag nur herumzusitzen, spazierenzugehen oder die Zeitung zu lesen. Ich gehöre zum alten Eisen, Jüngere machen jetzt meine Arbeit.«

So wie Karl geht es vielen alten Menschen, wenn sie in den »wohlverdienten« Ruhestand entlassen werden. Jüngere Kollegen nehmen ihren Platz ein, können sich in neuere Arbeitsformen besser hineinfinden, sind oft bequemer, weil ältere Kollegen einen gewissen Starrsinn entwickeln, wenn sie nach jahrzehntelangem, festgefahrenem Arbeitsschema nicht mehr flexibel sein können.

Aber wie mag es erst denen ergehen, die pflegebedürftig und einsam sind, die ihren geliebten Partner nach vierzig- oder fünfzigjähriger Ehe verloren haben und nun allein zurückgeblieben sind?

Kein Mensch kann und will ohne Hoffnung leben. Gerade ihnen muß klargemacht werden, daß es auch für sie noch eine Zukunft gibt. Wer keine Hoffnung und keine Zukunft vor sich hat, sieht in ein düsteres, ja oft tödliches Schicksal. Viele Menschen mögen nur nicht die Konsequenz, den letzten Schritt aus der Hoffnungslosigkeit in das Nichts ziehen. Sie halten sich an der Erfahrung fest: Irgendwie ist es bisher weitergegangen, es wird auch jetzt weitergehen.

Ganz leicht scheint der Blick in die Zukunft oft nicht zu sein. Gründe der Hoffnungslosigkeit gibt es – gerade für die heutige ältere Generation – genug. Gerade sie, die den Krieg durchlebt haben, werden kaum verstehen können, wie die ganze Welt wieder aufs neue aufrüstet. Wir müssen gegen Widerstände kämpfen, wenn wir die Hoffnung retten und uns einen Weg in die Zukunft bahnen wollen. Und es lohnt sich dennoch, alles dafür einzusetzen und sich nicht damit abzufinden, daß alles schlechter wird und wir morgen keine Chancen mehr haben.

Jeden Tag kommt neues Leben hinzu. Und wie sollen diese Kinder aufwachsen, wenn sie nur deprimierten und mürrischen Erwachsenen ausgesetzt sind?

Hoffen auf eine Zukunft ist also lebenswichtig. Die wichtigste Voraussetzung ist unser Leben selbst. Es besteht über Millionen Jahre und soll auch über die nächste Generation hinausreichen. Weitere Gründe, weswegen ich die Hoffnung nie aufgebe, sind Kinder, die heranwachsen, der Frühling, der mit seinem frischen Grün jedes Jahr dem kalten Winter folgt, Liebe, die mich verändert und mich überraschend treffen kann; und immer neue Zuversicht, die gewagt wird und deshalb gegenüber allen niederdrückenden Zweifeln die besseren Argumente hat. Sie macht mich – auch nach Niederschlägen – glücklich und froh, weil sie ständig um Gutes wirbt.

Dies gilt nicht nur für die jüngere Generation, sondern – oder gerade – auch für die Älteren von uns. Sind es nicht gerade sie, die mehr auf das zurückschauen, was gewesen ist, als auf die Zukunft zu bauen? Gerade sie brauchen die Hoffnung, die ihnen Kraft gibt, aus der sie immer neu schöpfen können und ja zum Leben sagen, das von Anfang an alles durchpulst, mitbeteiligt, statt zu verzweifeln.

Herbert liegt nach einem Herzinfarkt auf der Intensivstation. Als er wieder einmal zu seiner Frau sagt: »Ilse, laß mich sterben, was soll ich noch hier, ich falle dir nur zur Last«, nimmt sie allen Mut zusammen, und anstatt Tränen zu vergießen, sagt sie zu ihm mit fester Stimme: »Ich muß ja annehmen, daß du mit mir nicht mehr zusammenleben willst. Was haben wir uns alles vorgenommen. Die Kinder und Enkelkinder, mit denen du so gerne zusammenbist, brauchen dich genauso wie ich.«

Wie viele Entbehrungen hatten Ilse und Herbert in ihrem Leben auf sich genommen. Hatten immer auf einen sorgenfreien Lebensabend hingearbeitet, den sie jetzt verwirklichen wollten. Beide waren siebzig Jahre alt, körperlich rüstig und geistig fit, hielten ihr Häuschen und den kleinen Garten in Ordnung. Seit fünf Jahren genossen beide gemeinsam ihren Lebensabend. Sollte es das schon gewesen sein? »Nein, Ilse, du hast recht! Dazu ist das Leben zu wertvoll, um es einfach aufzugeben. Ich möchte noch viele Jahre mit dir zusammen verbringen.«

Zukunft gibt es immer. Aber wir müssen für die Hoffnung hierauf unser Herz öffnen für alles Lebendige, Erfreuliche, Beglückende. Ich genieße den Sonnenschein, frische Luft, Grün, Begegnungen, Liebe und alles, wonach mein Herz sich sehnt. Dann kann ich auch im Verhalten und Gedanken Momente der Hoffnung verbreiten, denn andere brauchen sie auch, und von dort kehren sie zu mir zurück.

Im Glück nicht jubeln – im Leid nicht klagen ...

... das Unvermeidbare mit Würde tragen

Schon von draußen ist die Musik zu hören, nach der die fröhlich-ausgelassene Hochzeitsgesellschaft tanzt, im festlich geschmückten Saal lachende Gesichter.

»Marianne, ich freue mich so, daß du wieder lachen kannst, glücklich bist, und ich wünsche dir von Herzen alles Gute«, meint Christa, ihre beste Freundin. »Ja, Christa, du weißt am besten, daß ich auch viel Unerfreuliches durchgemacht habe mit meinem ersten Mann. Aber jetzt bin ich sehr glücklich!«

Das war nicht immer so. Marianne meinte, das große Los gezogen zu haben, als sie Manfred kennenlernte. Er hatte eine gutgehende Firma, konnte Marianne alles bieten, finanziell jedenfalls, was sie sich wünschte. Zudem sah er blendend aus, besaß gute Umgangsformen, so daß Marianne sich gern mit ihm zeigte. Aber sie bemerkte nicht, wie er sie von ihren Freundinnen und Bekannten entfernte. Das war kein Umgang für ihn, also auch nicht für seine Frau. Und sie tat brav, was er von ihr verlangte, wiegte sie sich doch im siebten Himmel. Ich habe ja ihn, er gehört mir ja ganz allein. Tat er das wirklich? Seinen Charme versprühte er nämlich auch bei anderen Frauen. Mit Erfolg, wie sich bald herausstellte. Nur Marianne war die letzte, die es bemerkte. Die Liebe zu ihm machte sie blind und taub. Als sie endlich die Wahrheit erfuhr, hatte sie das Gefühl, in ein tiefes Loch zu fallen, in dem kein Lichtblick mehr möglich war.

Doch viel schwerer als die Untreue ihres Mannes traf Marianne, daß sie bei niemandem Trost fand, weil sie es sich selbst mit all ihren Freunden und Bekannten verscherzt hatte. Von Christa, die schon immer ihre beste Freundin gewesen war, und die trotz allem zu ihr hielt, mußte sie sich dann auch einmal anhören, daß Klagen und Vorwürfe jetzt zu nichts mehr führten. Marianne sah ein, daß Glück nicht nur Jubeln und Triumphieren über andere bedeutet.

Das wahre Glück hatte Marianne bei Manfred nicht gefunden, es war nur ein Schein, der sie trog, das war ihr jetzt klargeworden. Sie lebte in einer Welt von Überfluß, der sie aber nicht glücklich gemacht hatte. Nicht, daß der Überfluß unglücklich machen muß, aber die Unfähigkeit auszuwählen, was uns wirklich glücklich macht.

Um das zu begreifen, müssen wir uns ganz bewußt an den Punkt zurückführen, an dem uns etwas Unverkäufliches, Natürliches, Einfaches wieder Freude bereitet. So geben wir uns selbst die Verantwortung für unser seelisches Gleichgewicht, dem wir mit unserer Diät ganz sicher ein Stückchen näher kommen.

Wenn wir wieder gelernt haben, uns selbst zu akzeptieren, unsere Zeit einzuteilen, unsere Umwelt zu würdigen, können wir uns eigene Ziele setzen und geben unserem Leben die nötige Aufmerksamkeit. Wer mit dieser Einstellung leben kann, braucht auch im Leid nicht zu klagen. Er wird mit seinem Schicksal besser fertig werden und es zu meistern wissen. Er wird spontaner und freier, zufriedener und glücklicher werden.

Und wenn ich hin und wieder einmal traurig, mißgestimmt oder krank bin, werfe ich die Flinte nicht ins Korn, sondern vertraue darauf, daß es besser wird. Dazu kann ich eine Menge beisteuern. Der Umgang mit meinen Mitmenschen, sei es beruflich oder privat, der genauso unter der Absicht steht, glücklich zu werden, beginnt damit, das Verhalten anderer zu beeinflussen und sie ändern zu wollen. Ich verzichte darauf und sehe darin eine Vorbedingung für mein eigenes Glück. Aber auch wenn mir ohne mein Verschulden Leid zugefügt wird, nutzt es mir wenig, zu klagen und Trübsal zu blasen.

Nach einer schweren Knieoperation unterbreiten die Ärzte dem sportbegeisterten Bernd, daß die Dinge wie Skilaufen, Bergsteigen und ähnliches wahrscheinlich nicht mehr möglich sind. Es ist ein schwerer Schlag für ihn. So ohne weiteres will er ihn aber nicht hinnehmen. Er trainiert systematisch, belastet fortan das heilende Knie sorgfältig und sorgt für eine optimale Beweglichkeit. Schließlich wagt er eine Bergtour. Ganz vorsichtig und sehr in Maßen nimmt er auch seinen geliebten Skisport wieder auf. Ein neues Gefühl, ein sehr bewußtes Leben nach dieser leidvollen Krisenzeit.

Nach dem Tod ihres Mannes verfällt die dreiundsechzigjährige Gerda in tiefe Depressionen. Auch nach drei Jahren klagt sie nur noch über das Leid, das ausgerechnet ihr zugefügt wurde. Alle Versuche der Familie, sie aufzumuntern und auf andere Gedanken zu bringen, schlagen fehl. Erst als die Schwiegertochter ins Krankenhaus muß, und sie die alte Frau bittet, die kleinen Kinder und ihren Mann zu versorgen, lebt Gerda wieder auf. Erst jetzt wird ihr bewußt, daß auch andere Menschen Schicksalsschläge hinnehmen müssen und dabei nicht zugrunde gehen.

Es muß der tiefe Glaube an eine bessere Zukunft sein, an die Hilfe Gottes, die Kraft gibt und Trost spendet. Selbst der angeborene Überlebenstrieb setzt uns Grenzen, denn auch die Leidgeprüften sind einmal erschöpft. Wenn wir in unruhigen Zeiten leben, die von Ungerechtigkeit, von Not und Pein angefüllt sind, so sind wir nur überlebensfähig, wenn wir an eine Besserung glauben.

Dazu gehört in erster Linie, daß ich mich nicht zurückziehen darf und mich nicht in meinem Leid vergrabe. Nicht das Selbstmitleid, sondern das Mitleiden mit meinen Mitmenschen verhilft mir zur Besserung meiner Lage, wenn ich bereit bin, etwas zu tun, Aufmerksamkeit und Trost zu spenden oder auch praktische Hilfe zu leisten.

Leiden, gegen das ich mich auflehne, macht mich bitter und bringt keine segensreiche Entwicklung. Dort, wo es geduldig ertragen wird, da hat es Gottes Segen. Erst die Leidensfähigkeit macht aus dem Menschen einen reifen Menschen, und nur wer viel gelitten hat, kann große Liebe erfahren. Wer Leid erfahren hat, wird auch das Glück wichtig und keineswegs selbstverständlich hinnehmen.

Glückspilze und Pechvögel

Sie ist beliebt und gern gesehen, wo immer sie auftaucht, ein Schmuckstück jeder Party. Schon äußerlich ist Margit ein Augenschmaus: schlank, blond, viel Weiblichkeit auf langen hübschen Beinen. Scheinbar an allen Dingen interessiert, geht ihr schönes Köpfchen wie ein Scheibenwischer hin und her. Dazu hat sie exzellente Umgangsformen und ist redegewandt. Kein Wunder! Bevor sie ihren Chef geheiratet hat, war sie seine Sekretärin. Auch heute noch steckt sie gern ihre Nase in seine Geschäfte und ist so stets auf dem laufenden.

Eine Karrierefrau also, die auf der Gewinnerseite

steht. Jeder, der sie sieht, erlebt hat und sie kennt, muß annehmen, daß sie glücklich ist. Wer aber ahnt schon, daß Margit zu Hause wortkarg und unzufrieden ist, eigentlich keinen Lebensinhalt hat, sondern vielmehr von Anerkennung und Bewunderung lebt. Seitdem sie mit ihrem Mann verheiratet ist, arbeitet sie natürlich nicht mehr, das würde er nicht gestatten. Aber gerade das fehlt ihr. Er hat seinen Beruf, sie nichts, nicht einmal ein Kind. Alles gehört ihm, das gibt er ihr – natürlich nur zu Hause – zu verstehen. Was sie jetzt ist, verdankt sie ihm. Alles an ihr ist nach außen gerichtet, ihr inneres Gleichgewicht ist schwach und gestört. Dadurch ist sie unzufrieden und mürrisch. Eine Krankheit löst die andere ab, von einer Depression verfällt sie in die nächste. Sie gehört zu den Frauen, die vorgezeigt werden und gefallen sollen. Ihr eigener Wert wird nicht akzeptiert, er wird nicht gern gesehen.

Solche Menschen dürfen natürlich in der Öffentlichkeit nicht ihr Gesicht verlieren, dürfen sich nur in den eigenen vier Wänden ihrem Kummer hingeben. Bewunderung für äußere Reize und angenehmes Verhalten sind der Lohn, aber auch die unentbehrliche Lebensnahrung derart ichschwacher Existenzen.

Ganz anders geht es denjenigen, die diese Menschen bewundern. Sie sind geblendet vom Charme und Aussehen, sie kennen sie ja auch nur, wenn sie sich in der Öffentlichkeit zeigen. Neidvoll stellen sie sich selbst auf die Verliererseite. Obwohl sie den ganzen Tag von morgens bis abends arbeiten, selbst in ihrer Freizeit noch ein paar Groschen dazuverdienen oder an ihrer Existenz arbeiten, werden sie trotzdem niemals diesen Status erreichen.

Wer ist aber nun der wahre Verlierer? Diejenigen, die im Rampenlicht glänzen, keine finanziellen Sorgen kennen, aber deshalb auch oft keine echte Partnerschaft, sich hinter einer schönen Fassade verstecken, oder sind es die anderen, die arbeiten, aber wissen wofür und jemanden an ihrer Seite haben, mit dem sie auch Krisen durchstehen können?

Eine Ehefrau und Mutter von zwei kleinen Kindern, die noch einer Halbtagsbeschäftigung nachgeht, ist sicher nicht zu beneiden. Doch wenn sie am Abend nach getaner Pflicht, wenn die Kinder im Bett liegen, sich bei ihrem Mann bei einem Glas Wein ihre alltäglichen kleineren und größeren Sorgen von der Seele reden kann, wenn er ihr zuhört und ihr Mut zuspricht, dann weiß sie, daß sich alle Mühe lohnt und kann trotz allem zufrieden und glücklich sein.

Kein Mensch hat nur beste Seiten, deshalb ist schon der Versuch sträflich, sich nur von der besten Seite zeigen zu wollen. Wie sollten denn auch die schlechten in uns geheilt, erlöst und verstanden werden, wenn sie nicht gezeigt werden dürfen. Können wir dennoch auf Geduld und Liebe hoffen? Auch schlechte Seiten haben nämlich ihr Gutes. Zumindest haben sie eine Herausforderung und machen tolerant für die Dinge, die auch bei anderen nicht vollkommen sind. Wie treffend sagt Wilhelm Busch: »Man ist ja Gott sei Dank kein Engel, vielmehr ein Welt- und Menschenkind, und ringsherum ist ein Gedrängel von solchen, die dasselbe sind.«

Doch mag es auch ausgesprochene Pechvögel geben. Alles, aber auch alles, was sie in ihrem Leben beginnen, mißlingt ihnen.

Da sind zwei Brüder. Dem einen fiel schon in der Schule das Lernen leicht, der andere mühte sich ab, kam jedoch mit seinen Noten niemals auf einen grünen Zweig. Später, während sein Bruder bis zum Bauunternehmer emporstieg, versuchte er, sich als Kfz-Meister eine eigene Autowerkstatt aufzubauen. Als das wegen zu hoher Investitionen fehlschlug, arbeitete er wieder in seinem Beruf als Angestellter. Die Firma ging in Konkurs, und der Pechvogel saß auf der Straße. Sein Bruder kannte ihn schon lange nicht mehr, der verkehrte in ganz anderen Kreisen. Er hatte, was er sich wünschte, Geld, Macht, Ansehen, Haus, Auto, eine Familie, die er gerne und oft voller Stolz vorzeigte. Und der andere? Er hatte etwas, das sehr wichtig ist: Freunde.

Als sich das Blatt eines Tages wendete und der Glückspilz wieder ganz unten angelangt war, erinnerte er sich wieder an seinen jüngeren Bruder, der ihm die Hand reichte, als wären sie die besten Freunde gewesen. Er wird in die Gemeinschaft aufgenommen, als gehöre er schon immer dazu. Erst jetzt weiß er, daß er eigentlich weniger Glück im Leben hatte als sein Bruder, der für ihn stets ein Pechvogel gewesen ist.

Ähnlich wie dieser reiche und wohlsituierte Bruder, der so tief gesunken war, verhalten sich oftmals Menschen, die zu plötzlichem Reichtum gelangt sind. Oft meinen sie, jetzt brauchen sie ihre Mitmenschen nicht mehr. Wie eine solche Situation jemanden verändern kann, soll das nächste Beispiel zeigen.

Holger kann es noch gar nicht fassen: fast zwei Millionen im Lotto! Vom ersten Rausch erholt, kündigt er erst einmal seine Stellung im Werk eines großen Autokonzerns. Reisen in die entferntesten Länder werden gebucht. Freunde, Bekannte, Verwandte und Nachbarn sind ab sofort nur noch Luft für ihn. Hochnäsig fährt er in seinem nagelneuen Auto an ihnen vorüber. Vom Gewinn des Lebens ein kleines Scherflein für die Ärmeren, die einem noch nützlich sein könnten oder mit denen man gern im Bunde bleiben möchte, abzugeben, daran denkt Holger nicht im Traum. Aber nach einem Jahr war der Rausch verflogen. Als das Geld zur Neige ging, wollten auch seine neuen Freunde nichts mehr von ihm wissen. Holger verstand die

Welt nicht mehr und dämmerte schließlich nur noch von einer Kneipe in die andere, von Freunden gemieden und unerkannt.

Nur wer bereit ist zu lieben, kann auch Liebe empfangen, wer bereit ist, auch seine Mitmenschen glücklich zu machen, dem wird auch Glück beschieden. Für ihn ist Dankbarkeit seines Nächsten schon Lohn genug, der ihn glücklich werden läßt. Menschen, die nicht nur nehmen, sondern auch geben können, sind die wahren Gewinner, weil sie die Gabe besitzen, sich an dem Einfachen erfreuen zu können.

Andere wiederum, die sogenannten Pechvögel, machen sich oft ihre Probleme selbst. Sie schuften jahrzehntelang um wachsenden Wohlstand, um dann erschüttert festzustellen, daß sie zuwenig Zeit und Zärtlichkeit füreinander hatten. Erst bauen sie sich eine perfekte Welt auf, um in Nostalgie zu verfallen, weil sie in ihr nicht wohnen können. Viele möchten so leben und so sein wie andere, aber sind doch peinlich darauf bedacht, sich von ihnen zu unterscheiden. Andere wiederum möchten alt werden, tun alles dafür, um möglichst lange jung zu bleiben, sind aber – oder gerade dadurch – früher verbraucht. Kurz gesagt: Sie wissen nicht, was sie wollen.

Ich kann meine Probleme erst lösen, wenn ich das alles weiß und wenn mir klar ist, welchen Preis ich dafür zu zahlen bereit bin. Wenn ich ein Ziel konsequent verfolge und auf alles verzichte, was nicht damit vereinbar ist, kann ich es in der Regel auch erreichen. Dies setzt eine Entscheidung voraus, die das Problem löst und zugleich die Spannung in mir aufhebt, mich befreit und beruhigt.

Bevor ich also in Depressionen verfalle und mich als permanenter Pechvogel bezeichne, überlege ich mir, ob ich an meiner Situation selbst etwas ändern kann. Habe ich mir zuviel zugemutet, die Flinte zu schnell ins Korn geworfen?

Oder war mein Plan noch nicht gut genug durchdacht? Verlierer haben die Angewohnheit, sich zu vorschnell als »zu nichts nutze« zu bezeichnen. Sie geraten in eine Krise, die es aber immer wert ist, aus eigenem Antrieb zu überstehen. Ich wage den Durchtritt in einen neuen Raum, hinter dem ich etwas zurücklasse, um etwas Neues zu beginnen.

Von einem traurigen Verlierer zu einem glücklichen Gewinner

Günter sitzt in der Spielbank und gewinnt und gewinnt. Hin und wieder läßt er einen Jeton zum Croupier hinüberwandern, der ihn in einem Schlitz verschwinden läßt. Ein kleines Dankeschön für die Angestellten. Es ist bei größeren Gewinnen den Angestellten etwas abzugeben und so das Glück zu beschwören. Günter spielt weiter – und verliert. Verliert ein Spiel nach dem anderen. Die Bank allerdings versäumt es, aus ihren Überschüssen dem Verlierer etwas zukommen zu lassen. Sie gewinnt immer und braucht das Geld nicht zu beschwören.

Als Günter seine letzte Mark verspielt hat, geht er verärgert heim. Am nächsten Abend sitzt er trotzdem wieder am Roulette-Tisch. Er will das Glück herausfordern, kehrt aber erneut mit leeren Taschen heim.

Glück läßt sich nicht erzwingen, schon gar nicht am Roulette-Tisch. Aber ist denn Geld unbedingt das große Glück? Der wahre Glückliche ist kein Spieler oder Hasardeur. Das eigentliche Glück wohnt nicht in Spielsälen, in den Büros der Lotterieannahme, es posiert nicht auf Roulette-Tischen. Das Glück, das sich hier einstellt, verdient seinen Namen nicht, denn beim Glücksspiel regiert der Zufall. Auch wenn sich ein Treffer an den anderen reiht, hat das noch nichts mit Glück zu tun. Wer das Glück nur hier und in Karten, Würfeln und Tips sieht, hat auf das eigentliche Glück bisher in seinem Leben verzichtet. Das echte, wahre Glück wird von jenen Kräften bewirkt, aus denen wir leben und unser Schicksal sich formt. So muß es kein Traum bleiben, sondern Wirklichkeit werden, vorausgesetzt, wir jagen nicht dem fremden Glück hinterher, sondern verwirklichen jene Form, die wir uns vorgenommen haben. Denn nur das aus dem eigenen Schicksal entstandene Gück verdient seinen Namen zu Recht, und ich kann mich dann als Gewinner bezeichnen.

Wenn es mir gelingt, so zu leben, daß jeder Tag zugleich der letzte und der erste wäre, dann ließe die Sehnsucht nach Glück sich für immer stillen. Dann würde mir das Glück zu sein, zu schauen, zu atmen und zu handeln genügen. Es würde über alle Schmerzen, Leiden und Enttäuschungen hinweghelfen und den Reichen wie den Armen, den Mächtigen wie den Ohnmächtigen gleichsam geschenkt werden. Und es ist nicht an Alter, Jugend oder Schönheit gebunden.

Nach dreiundzwanzigjähriger Ehe verläßt Reinhard seine Frau wegen einer Kollegin, die altersmäßig seine Tochter hätte sein können. Ein lange nicht mehr gekanntes Glücksgefühl überkommt ihn, wenn er mit seiner neuen Eroberung zusammen ist. Anfangs findet auch Reinhard Gefallen daran, von einer Party zur anderen zu gehen. Nach einiger Zeit aber vermißt er die häusliche Wärme, die er bei seiner Frau stets fand. Zudem kann er mit seiner viel jüngeren Freundin kaum noch Schritt halten. Jeder Abend ist verplant. Auf die Dauer ist Reinhard einem solchen ausschweifenden Leben nicht gewachsen.

Seine Frau weiß das sehr wohl. Weil sie ihn immer noch liebt, hofft sie auf seine Rückkehr. Die Erfahrung einer fünfundvierzigjährigen Ehefrau sagt ihr, daß ihren Mann wahrscheinlich die sogenannten Midlife-crisis aus ihrer sonst intakten Ehe ausbrechen ließ. Sie leidet unsagbare Qualen und würde alles für die Rückkehr ihres Mannes tun.

Tatsächlich finden beide wieder zusammen, indem er sich von seiner Freundin lossagt. Seine Frau hat ihm verziehen. Sie ist nicht nur als glückliche Gewinnerin aus diesem Verhältnis hervorgegangen, sondern auch Reinhard weiß, daß er nur bei ihr sein wahres Glück leben kann. Was er für Liebe hielt, war nur ein Zwischenspiel, dessen Ende am Anfang schon zu sehen ist. Ein scheinbares Glück, das uns überwältigend begegnet, es manifestiert sich als Gewinn, es schafft von einem Augenblick auf den anderen Konstellationen des persönlichen Schicksals, in denen alles möglich ist. Plötzlich steht der Betroffene in Flammen des Glücks, es will brennen, und was zurückbleibt sind Wehmut und Asche.

Gleich darauf hat der nüchterne Alltag uns wieder, dessen Trivialität auf dem Hintergrund der raschen, leuchtenden Glückserfahrung fast unerträglich erscheint. Nein, dieses Glück bringt keinen echten Gewinn. Es wird nur einen Verlierer zurücklassen. Dieses Glück, das Reinhard erfahren hatte, war ein Traum. Doch unser Glück ist Wirklichkeit, wenn wir nicht fremdem Glück nachjagen. Ich muß meine Aufmerksamkeit darauf richten, mich von den falschen Versionen zu distanzieren, um mein wahres Ich und damit mein wahres Glück finden zu können. In ihm verwirklicht sich meine Bestimmung.